찻집

茶館

세계문학전집 390

찻집

茶館

라오서

오수경 옮김

민음사

자오쥐인(焦菊隱)과 샤춘(夏淳)이 공동 연출한 북경인민예술극원(北京人民藝術劇院)의
「찻집」(1989) 1막 첫 부분. 왼쪽부터 왕이발 역의 위스즈(于是之), 진중의 역의 란톈예
(藍天野), 상 대인 역의 정룽(鄭榕), 송 대인 역의 황쭝뤄(黃宗洛). 그 뒤로 송은과 오상
이 등을 돌린 채 앉아 있다. 이 「찻집」 공연은 1958년 초연 배우들이 그대로 출연하여,
1979년 문화대혁명 후 원작 복원 공연 버전을 재연한 것이다. ⓒ 李龍

「찻집」(1989) 2막 왕이발 역의 위스즈와 순경 역의 한산쉬(韓善績). 위스즈는 중국 현대극의 상징과도 같은 국민 배우다. 중국 연극사에 '인예학파'라는 연기 전통을 수립한 북경인민예술극원 1세대 배우들은 마치 유태(裕泰)찻집을 드나들던 인물들이 실재하는 듯한 무대를 재현해 냈다. ⓒ 李龑

린자오화(林兆華)가 연출한 북경인민예술극원 2세대의 「찻집」(1999) 1막. 왕이발 역의 량관화(梁冠華)(왼쪽)와 진중의 역의 양리신(楊立新)(오른쪽). 북경인민예술극원의 「찻집」 누적 공연 횟수는 2004년에 이미 500회를 기록했고, 2021년 7월에는 720회에 이르렀으며 매회 전석 매진되었다. ⓒ 李龍

멍징후이(孟京輝)가 연출한 포스트모던 버전 「찻집」(2018) 3막의 지전을 뿌리는 장면.
오랜 기간 명성을 누렸던 북경인민예술극원의 경전화된 공연을 벗어나 새로운 각색과
해체 작업이 이루어졌다. 멍징후이 버전 「찻집」은 이후 우전(烏鎭)연극제 등에 초청되
었고, 2019년 7월 아비뇽연극제 등에 참가하였다. ⓒ 李晏

일러두기

이 작품은 1956년에 쓰여 1957년 7월《수확(收穫)》창간호에 발표되었고, 1958년 6월 중국희극출판사에서 처음 출간되었다. 본 번역은 『라오서극작전집』 제2권(중국희극 출판사, 1982)에 실린 것을 저본으로 하였다.

차례

등장인물

왕이발(王利發)   남자. 처음 우리와 만날 때는 겨우 스물 남짓. 부친이 일찍 세상을 떠나 이른 나이에 유태(裕泰)찻집의 주인이 되었다. 영리하고 조금은 이기적이나 마음씨가 나쁘지는 않다.

당철취(唐鐵嘴)   남자. 서른 살가량. 아편쟁이로, 관상 보는 일을 한다.

송 대인(松二爺)   남자. 서른 살가량. 담이 작고 말이 많다.

상 대인(常四爺)   남자. 서른 살가량. 송 대인의 친구이며 유태찻집의 단골이다. 정직하고 체격도 좋다.

이삼(李三)   남자. 서른 남짓. 유태찻집의 종업원이다. 근면하고 착하다.

이덕(二德子)   남자. 스물 남짓. 궁궐 수비대 병사.

마 대인(馬五爺)   남자. 서른 남짓. 천주교를 믿으며 서양 세력을 등에 업은 세도가.

유마(劉麻子)   남자. 서른 살가량. 중매쟁이로 마음보가 고약하다.

강육(康六)   남자. 마흔 살. 북경 근교의 빈농.

황뚱보(黃胖子)   남자. 마흔 남짓. 건달 두목.

진중의(秦仲義)   남자. 찻집 건물 주인. 제1막에서는 스물 남짓의 부잣집 젊은 나리, 후에는 유신을 외치는 자본가가 된다.

노인   남자. 여든두 살. 의지할 곳 없는 신세.

시골 아낙   여자. 서른 남짓. 가난하여 어린 딸을 팔려 한다.

계집아이   여자. 열 살. 시골 아낙의 딸.

방 태감(龐太監)   남자. 마흔 살. 환관 우두머리. 재산을 모은 후 아내를 얻고 싶어 한다.

소우(小牛兒)	남자. 여남은 살. 방 태감의 시동.
송은(宋恩子)	남자. 스물 남짓. 구식 특무.
오상(吳祥子)	남자. 스물 남짓. 송은의 동료.
강순자(康順子)	여자. 제1막에서는 열다섯 살. 강육의 딸. 방 태감에게 팔려 간다.
왕숙분(王淑芬)	여자. 마흔 살가량. 찻집 주인 왕이발의 아내. 남편보다 정직하고 공평하다.
순경	남자. 스물 남짓.
신문팔이 소년	남자. 열여섯 살.
강대력(康大力)	남자. 열두 살. 방 태감이 사 온 수양아들로, 후에 강순자의 아들이 되어 서로 의지한다.
임씨(老林)	남자. 서른 남짓. 탈영병.
진씨(老陳)	남자. 서른 살. 탈영병. 임씨의 의형제.
최구봉(崔久峰)	남자. 마흔 남짓. 국회의원을 지냈으나 후에는 도를 닦으며 유태찻집에서 하숙한다.
장교	남자. 서른 살.
왕대전(王大佺)	남자. 마흔 살가량. 찻집 주인 왕씨의 맏아들. 사람됨이 아주 정직하다.
주수화(周秀花)	여자. 마흔 살. 왕대전의 아내.
왕소화(王小花)	여자. 열세 살. 왕대전의 딸.
정보(丁寶)	여자. 열일곱 살. 여종업원. 담도 크고 생각도 있다.
소유마(小劉麻子)	남자. 서른 남짓. 유마의 아들로 부친의 가업을 계승 발전시킨다.
전기세 수납원	남자. 마흔 남짓.

소철취(小唐鐵嘴)	남자. 서른 남짓. 당철취의 아들. 부친을 이어 도교 사제로 국사(國師)[1]에 오를 꿈을 꾼다.
명 사부(明師傅)	남자. 쉰 남짓. 대규모의 연회석도 훌륭히 차리는 요리사.
추복원(鄒福遠)	남자. 마흔 남짓. 평서(評書)[2]의 대가.
위복희(衛福喜)	남자. 서른 남짓. 추복원의 동문 후배로 처음에는 평서를 하다가, 후에 인기 장르인 경극 배우로 전향한다.
방육(方六)	남자. 마흔 남짓. 소고(小鼓) 고수. 간교하다.
차당당(車當當)	남자. 서른 살가량. 현양(現洋),[3] 즉 은전 장사를 한다.
방씨 넷째 마님	여자. 마흔 살. 추악하며 황후가 되고 싶어 하는 방 태감의 넷째 조카며느리.
춘매(春梅)	여자. 열아홉 살. 방씨 넷째 마님의 몸종.
양씨(老楊)	남자. 서른 남짓. 잡화 장수.
소이덕(小二德子)	남자. 서른 살. 이덕의 아들로 싸움패.
우후재(于厚齋)	남자. 마흔 남짓. 소학교 교사로 왕소화의 선생님.
사용인(謝勇仁)	남자. 서른 남짓. 우후재의 동료.
소송은(小宋恩子)	남자. 서른 살가량. 송은의 아들로 부친을 이어 특무 노릇을 한다.
소오상(小吳祥子)	남자. 서른 살가량. 오상의 아들로 역시 특무 일을 이어받았다.

---

1) 도교의 창시자인 장천사(張天師)로부터 도교의 교주를 천사(天師)라 하며, 국사(國師)는 나라에서 봉한 도교 최고의 사제를 말한다.
2) 이야기꾼이 이야기로 중국의 역사 등을 풀어 내는 구비 연행 양식. 설서(說書), 평화(評話)라고도 하며, 북경, 천진, 하북 등지에서는 평서라 했다.
3) 옛날의 은전. 현대양(現大洋)이라고도 한다.

소심안(小心眼)　　여자. 열아홉 살. 종업원.

심 처장(沈處長)　　남자. 마흔 살. 헌병 사령부 모 처의 장.

찻집 손님 몇 사람, 모두 남자.

찻집 종업원 한두 명, 모두 남자.

피난민 몇 사람, 남녀노소.

무장 군인 서너 명, 모두 남자.

하숙인 몇 사람, 모두 남자.

특별 명령 수행 군인 일곱 명, 모두 남자.

헌병 네 명, 남자.

양바보(大傻楊)　　남자. 즉흥시를 노래하며 구걸하는 걸인.

1막

시간 1898년(무술년) 초가을. 강유위, 양계초 등의 유
신 운동이 실패했다. 오전 무렵.

장소 북경, 유태(裕泰)찻집.

인물 왕이발·유마·방 태감·당철취[4]·강육·소우·송
대인·황뚱보·송은·상 대인·진중의·오상·이삼·
노인·강순자·이덕·시골 아낙·찻집 손님 가, 나,
다, 라·마 대인·계집아이·찻집 종업원 한둘.

막이 열린다. 이렇게 큰 찻집은 이제 거의 볼 수 없다. 몇십 년 전

---

4) 철취(鐵嘴)는 '쇠주둥이'라는 뜻으로 아편쟁이에 대한 풍자의 의미를 갖
는다.

만 해도 성마다 적어도 한 곳씩은 있었지만 말이다. 여기서는 차도 팔고 간단한 간식과 식사도 판다. 새 기르는 사람들은 매일 지빠귀, 카나리아 들을 놀리고 나서는 여기 와서 다리도 쉬고 차도 마시고 또 새들 노랫소리 자랑도 한다. 사업을 논의하는 사람도, 중매쟁이도 이리로 온다. 그때는 늘 패싸움이 있었으나, 또 늘 누군가 친구가 나서서 화해를 시키곤 했다. 이러니저러니 하고 화해를 시키면, 사오십 명 되는 싸움패들이 모두 차 한잔 마시고 난육면(爛肉麵, 대형 찻집의 특별한 메뉴로 값도 싸고 빨리 나온다.) 한 그릇 먹고, 싸울 일도 평화롭게 끝내곤 했다. 어쨌든 이곳은 매일매일의 아주 중요한 장소여서 일이 있든 없든 와서 반나절쯤 앉아 있을 만하다.

여기서는 어느 곳의 큰 거미가 어찌어찌 요정으로 변했다가 벼락을 맞았다든가 하는 가장 황당한 소식도 들을 수 있다. 또 해변에다 큰 담을 쌓으면 양놈 군대가 뭍으로 올라오는 것을 막을 수 있으리라는 괴상한 견해도 들을 수 있다. 여기서는 또 어떤 경극 배우가 최근에 무슨 새로운 작품을 공연했다는 것이라든가, 아편을 만드는 제일 좋은 방법은 무엇인가 등에 관해서도 들을 수 있다. 또 누가 새로 얻은 진귀한 물건 — 새로 출토된 옥 부채 장식이나, 당삼채 코담배 단지 같은 것을 볼 수 있다. 여긴 정말 중요한 곳이며, 심지어 문화 교류의 장이라고 할 수 있다.

우리는 지금 바로 이러한 찻집을 보고 있다.

문을 들어서면 바로 계산대와 화덕이다. — 일을 좀 덜기 위해, 우리의 무대에는 화덕을 두지 않아도 된다. 뒤에서 냄비 덜그럭거리는 소리가 나는 정도면 족하다. 실내가 아주 높고 넓어서, 길거나 네모난 탁자들, 길고 짧은 등나무 의자들이 놓여 있으니, 모두 차 마시는 곳이다. 창 너머로는 후원이 보이는데, 높이 차양을 쳐 놓고 그 아래에도 탁자들을 놓았다. 실내와 차양 아래에 모두 새장 거는 곳이 있다. 또 곳곳에 "나랏일은 이야기하지 맙시다."라는 글씨가 붙어 있다.

이름을 알 수 없는 손님 둘이 한창 눈을 게슴츠레 뜨고 고개를 끄덕여 가며 박자에 맞춰 나지막이 창을 하고 있다. 역시 이름을 알 수 없는 두어 손님은 질항아리에 든 귀뚜라미를 넋을 놓고 들여다보고 있다. 회색 장삼을 입은 두 사람 ── 송은과 오상이 나지막한 소리로 이야기하고 있다. 보아하니 그들은 관에서 나온 특무인 듯하다.

오늘 또 한 무리 패싸움 한 자들이 있다. 듣자 하니, 한 마리 집비둘기 때문에 무력으로 해결하지 않으면 안 될 분쟁이 생겼다 한다. 정말 싸울라치면 목숨을 잃지 않을 수 없을 것이다. 왜냐하면 싸우기로 한 사람들 가운데에는 궁궐 수비대와 국고 수비대 병사들이 포함되어 있었는데 모두 만만찮은 이들이었기 때문이다.[5] 다행히 정말 싸우게 되지는 않았으니, 쌍방이 싸울 사람들을 다 정하기 전에 조정자가 나타난 까닭이다. ── 지금 쌍방이 여기서 만나는 중이다. 수시로 둘씩 셋씩 싸울 사람들이 눈썹을 치켜세우고 무술을 하는 이들의 간소한 복장으로 들어와 후원 쪽으로 간다.

마 대인은 사람들의 주의를 끌지 않는 구석에 혼자 앉아 차를 마신다.

찻집 주인 왕씨는 높직한 계산대에 앉아 있다.

당철취가 신발을 탈탈 끌며, 아주 길고 아주 더러운 긴 홑웃옷을

---

5) 궁궐 수비대인 '선박영(善撲營)'과 국고 수비대인 '고병(庫兵)'은 본래 모두 청나라의 기인(旗人)들 가운데 엄격한 선발 과정을 거쳐 선발했으므로, 그 위세가 대단했다.

입고 귀 뒤에는 돌돌 만 종이쪽지 몇 장을 끼고 들어온다.

왕이발 당 선생, 밖에나 쏘다니시지!

당철취 (억지로 웃으며) 주인장, 이 당철취 좀 도와줘요!
차를 마시게 해 주면 먼저 당신 관상부터 봐 드
리리다. 손금도 봐 드리지, 한 푼도 안 받고! (대답
도 듣지 않고 왕이발의 손을 끌어 간다.) 올해가 광서
이십사년, 무술년이지. 연세가…….

왕이발 (손을 빼며) 그만둬요, 차 한잔 드릴 테니 여기서
장사할 생각일랑 마시오! 관상 볼 필요도 없죠.
기왕 이렇게 험한 세상에서 사는데 모두 괴로운
인생들이지! (계산대에서 나와 당철취를 앉힌다.) 앉
아요! 그 아편 못 끊으면 영영 제대로 살아 보지
못할 테니. 이건 내가 본 관상인데, 당신보다 더
잘 맞힐걸!

송 대인과 상 대인이 새장을 들고 들어오자, 왕이발이 그들에게
인사한다. 그들은 먼저 새장을 걸어 놓고 자리를 잡는다. 송 대인은
단아한 모습에 카나리아 장을 들고 왔고, 상 대인은 씩씩하고 기백
있는 모습에 크고 높은 지빠귀 장을 들었다. 종업원 이삼이 얼른 다
가와 뚜껑 있는 찻잔에 물을 채운다. 그들은 찻잎을 가지고 다닌다.
차를 우린 후 송 대인과 상 대인은 이웃 자리에도 차를 권한다.

상 대인/송 대인　이것 좀 들어 보세요. (그리고 후원 쪽을 본다.)

송 대인 　또 무슨 일이 있는 모양이지?

상 대인 　어쨌든 싸우지는 않을걸. 정말 싸우려 했다면 벌
　　　　써 성 밖으로 나갔을 테지, 찻집에는 와 뭘 해?

싸움패 중 하나인 이덕이 막 들어서다가 상 대인의 이 말을 듣
는다.

이덕 　(달려가) 이거 누구한테 대고 허튼소리 하는 거
　　　야?

상 대인 　(지지 않고) 나한테 묻는 거요? 내 돈 내고 내 차
　　　　마시는데, 맘대로 말도 못 한단 말이오?

송 대인 　(이덕을 한번 훑어보고는) 이 양반, 수비대에 계시
　　　　나 본데? 자, 와서 차나 한잔 드시오. 점잖은 체
　　　　면에!

이덕 　내가 수비대에 있든 어디 있든 무슨 상관이오?

송 대인 　위세를 부리려거든 양놈들한테나 가서 부리시지,
　　　　양놈이야말로 대단하니까. 영불 연합군이 원명원
　　　　(圓明園)도 다 태워 버렸지. 댁은 관의 녹을 먹는
　　　　데 나가 싸우는 건 못 봤소이다!

이덕 　양놈은 놔두고라도 너부터 맛 좀 보여 줘야겠다!
　　　(치려 한다.)

왕이발 　형씨들, 다 이 동네 이웃인데, 좋게 말씀하시지요.
　　　　이덕 나리, 뒤쪽으로 가시지요.

이덕은 왕이발의 말도 안 듣고 금세 찻잔 하나를 끌어당겨 탁자 밑에 떨어뜨려 깨 버린다. 그리고 곧 상 대인의 멱살을 잡으려 한다.

상 대인　(비키며) 어쩌려고?

　이덕　어쩌겠냐고? 내가 양놈을 못 건드린다고, 너도 못 건드릴 줄 알아?

마 대인　(일어나지도 않은 채) 이덕, 위풍이 대단하군!

　이덕　(사방을 둘러보다 마 대인을 알아보고) 어이구, 마 대인께서 여기 계셨군요. 제가 눈이 나빠 미처 못 알아 뵀었군요. (다가가 예를 올린다.)

마 대인　일이 있으면 말로 할 것이지, 어째 바로 싸우려 드나?

　이덕　예! 옳습니다! 뒤쪽에 가 보겠습니다. 여보게 이삼, 여기 찻값은 내가 치르지. (뒤로 간다.)

상 대인　(다가와, 마 대인에게 하소연을 하려 한다.) 대인, 옳으십니다. 이치를 좀 살펴 주십시오.

마 대인　(일어나) 또 일이 있어서, 안녕히 계시오! (나간다.)

상 대인　(왕이발에게) 어? 이거 또 이상한 사람이군!

왕이발　저분이 마 대인인 줄 모르셨어요? 그러니 상 대인께서도 말을 잘못하셨어요.

상 대인　내가 말을 잘못했다고? 내가 오늘 날을 잘못 잡았나 보군.

왕이발　(나지막이) 방금 양놈 어쩌고 했죠? 그가 바로 양놈 밥 먹는 양반이에요. 양놈 교 믿고, 양놈 말 하

고, 일 있으면 곧장 완평현(宛平縣) 현감 나리 찾
아가죠. 그렇지 않으면 왜 방금 관록 먹는 사람도
그를 건드리려 하지 않았겠어요?

상 대인 (제자리로 돌아가며) 흥, 양놈 밥 먹는 놈은 질색이
야!

왕이발 (송은과 오상이 있는 쪽을 턱으로 가리키며, 낮은 소
리로) 말할 때 신경 좀 쓰세요. (큰 소리로) 이삼,
여기 차 다시 올리게! (바닥에 흩어진 사기 조각을
줍는다.)

송 대인 찻잔은 얼마지? 내가 물어 주겠소! 점잖은 체면
에 남에게 찻잔 값을 물려서야!

왕이발 예, 이따가 계산하시죠. (비켜난다.)

중매쟁이 유마가 강육을 데리고 들어온다. 유마는 송 대인과 상
대인에게 인사한다.

유마 두 분 일찍 나오셨군요! (코담배 단지를 꺼내 담배
를 담아서는) 이것 맛 좀 보세요. 막 넣어 온 건데,
진짜 영국산이지요. 얼마나 섬세하고 부드러운지!

상 대인 음! 코담배까지도 외제라야 하다니! 얼마나 많은
돈이 밖으로 흘러 나갈까?

유마 우리 청나라에 있는 게 금광, 은광 아닙니까? 써
도 써도 다 못 쓸 텐데. 앉아 계세요, 제가 일이
좀 있어서. (강육과 자리를 찾아 앉는다.)

이삼이 차를 내온다.

유마　말해 봐, 은 열 냥이면 어떻겠소? 시원하게 말해
　　　요! 내가 바빠. 자네만 붙들고 있을 시간이 없다
　　　고.

강육　나리! 열다섯 난 다 큰 처녀가 그래 은 열 냥이라
　　　고요?

유마　기생집에 팔면 한 냥 남짓 더 받을지도 모르지만,
　　　그건 또 싫다며!

강육　제 친딸인걸요! 제가 어떻게…….

유마　딸이라고 먹여 살리지도 못하면서, 누굴 탓해?

강육　시골 농사꾼들 다 먹고살 길이 없어서 그렇죠.
　　　집안 식구들 하루에 죽 한 끼라도 먹을 수 있다
　　　면 내가 딸 팔 생각을 하겠어요? 그럼 사람이 아
　　　니지!

유마　그거야 거기 시골 일이고, 내 알 바 아니지. 난 부
　　　탁받은 대로 자네 손해 안 보게 하고 또 딸도 배
　　　불리 먹고 지낼 곳을 찾아 주려는 건데, 싫단 말
　　　이야?

강육　그래, 도대체 누군데요?

유마　내가 말만 하면 자네 아주 만족해할걸! 궁중에서
　　　벼슬하시는 분이지!

강육　궁중에서 벼슬하시는 분이 누가 이런 시골 계집
　　　애를 좋아하겠어요?

유마 그러니까 자네 딸이 운이 좋다는 거지.

강육 누군데요?

유마 방 총관! 자네도 들어 봤을걸? 태후 마마를 모시
니 위세가 대단하지. 집에서 쓰는 식초병까지도
다 마노로 된 거라나!

강육 나리, 딸을 태감[6]에게 마누라로 주고서야 어찌
고개를 들고 살겠어요?

유마 딸을 판다면 어떻게 팔든 간에, 딸한테 미안한 거
야 다 마찬가지. 참 어리석군! 그리로 시집만 가
면 진수성찬에다 비단옷에다, 천국이지! 어때? 어
서 답을 하라고, 시원스럽게!

강육 어디 이런 일이……. 그래 겨우 은 열 냥을 준답디
까?

유마 자네 온 마을 다 뒤져 봐야 은 열 냥이 나오겠나?
시골에선 밀가루 다섯 근에도 애를 바꾼다잖아?
그 얘기 모르는 건 아닐 텐데?

강육 난……. 아! 딸하고 의논해 보지요.

유마 기회는 한 번뿐이니, 일 그르치고 날 원망진 말
라고! 빨리 갔다 빨리 와.

강육 허 참! 금방 다녀오지요.

유마 여기서 기다리지.

___

6) 궁중에서 시중을 드는 환관. 청나라 말 서태후의 시중을 들던 환관들도
위세가 대단했다.

강육	(천천히 걸어 나간다.)
유마	(송 대인과 상 대인 쪽으로 다가와) 시골 사람들하고는 정말 일하기가 어려워요. 아무리 얘기해도 통 시원스레 결정을 못 한다니까!
송 대인	이번 일도 상당히 큰가 본데?
유마	그래 봤자죠. 일이 잘되면 원보(元寶)[7] 하나는 벌죠.
상 대인	시골은 어떻게 된 거지? 자식을 팔아야 하다니!
유마	누가 알겠어요? 어쨌거나 강아지 새끼로 태어나도 북경성 안에서 나야 한다니까요!
상 대인	형씨, 당신도 참 지독하군, 그런 일을 여상스레 하고 다니다니!
유마	내가 신경을 안 쓰면, 그이들이 작자를 못 만날 테니까. 안 그래요? (얼른 말을 돌려) 송 대인, (작은 시계를 꺼내) 이것 좀 보세요!
송 대인	(시계를 받아 들고) 아주 훌륭한 시계로군!
유마	들어 보세요. 째깍째깍 소리 들리죠!
송 대인	(들으면서) 얼마나 하지?
유마	맘에 드세요? 그럼 쓰세요. 한마디로 은 닷 냥! 실컷 즐기고 싫증이 나면 받은 값대로 다시 쳐 드리리다. 물건은 진짜 좋아요. 가보로 삼을 만하지요!

---

7) 은으로 된 원보 하나는 은 열 냥, 동전 열 꿰미의 값을 지닌다.

상 대인 내가 지금 이런 생각을 해 봤소, 우리 한 사람 몸에 얼마나 많은 양놈 물건들을 달고 있는지! 형씨만 해도 그렇지. 양코담배, 양시계, 양복지 저고리, 양복지 바지와 마고자…….

유마 양놈 물건들은 정말 좋아! 내가 만약 촌뜨기처럼 우리 옷감으로 만든 구식 옷을 입고 있다면 누가 날 거들떠보기나 하겠어요?

상 대인 난 그래도 우리 중국 비단과 사천 명주가 훨씬 좋아 보이는데!

유마 송 대인, 이 시계 가지고 계시구려. 요즘 같은 때, 이렇게 좋은 시계를 차고 있으면 사람들도 달리 볼걸요! 그렇잖아요?

송 대인 (정말 맘에 들지만, 비싼 게 맘에 걸린다.) 글쎄…….

유마 먼저 며칠 차 보고 돈은 다음에 주세요!

황뚱보가 들어온다.

황뚱보 (심한 트라코마 눈병으로 시력이 나빠져 잘 보지 못한다. 문에 들어서면서 예를 갖춘다.) 형씨들, 좀 보시오, 안녕하시오! 모두 한 형제니, 잘들 지냅시다.

왕이발 이 사람들이 아니에요, 그들은 후원에 있어요!

황뚱보 잘 보이지가 않아서! 주인장, 난육면이나 준비해 주시오. 나 황뚱보가 왔으니 아무도 못 싸운다고! (안으로 들어간다.)

이덕　(나와서 맞는다.) 양쪽이 벌써 만났지요. 빨리 오세요!

이덕이 황뚱보와 함께 안으로 들어간다.

종업원들이 한 차례 또 한 차례 뒤쪽으로 차를 나른다. 노인이 이쑤시개·빗·귀이개 등의 조그만 물건들을 가지고 들어와 고개를 숙이고 천천히 탁자마다 돌지만 아무도 사는 이가 없다. 후원으로 가려는 것을 이삼이 붙든다.

이삼　영감님, 밖에서나 다니슈. 후원에선 지금 막 화해를 시키는 중이라 그런 거 살 사람이 없을 거예요. (마침 손에 들고 있던 차를 노인에게 한잔 따라 준다.)

송 대인　(낮은 소리로) 이삼! (후원을 가리키며) 도대체 무슨 일로 치고받으려 했는가?

이삼　(낮은 소리로) 비둘기 한 마리 때문이라나요. 장씨네 비둘기가 이씨네로 날아갔는데, 돌려주지 않으려 해서……. 어, 아무래도 말은 적게 하는 게 상책이지. (노인에게) 영감님은 연세가 어떻게 되시나요?

노인　(차를 마시고) 고맙소! 여든둘이오만, 아무도 살펴 주지 않는구려! 요즘 같은 때야 사람이 비둘기만도 못하군! 음! (천천히 걸어 나간다.)

진중의가 걸어 들어온다. 잘 차려입었고 얼굴색도 좋다.

왕이발 아니! 진 대인 나리, 어떻게 시간이 나서 저희 찻집을 다 찾으셨습니까? 사람들도 거느리시지 않고?

진중의 와서 좀 보려고, 자네가 장사를 할 줄 아나 모르나 보러 왔네!

왕이발 네, 한편으로 해 가며 배우는 중이지요. 이걸로 벌어먹고 살아야 하는걸요. 가친이 그리 일찍 돌아가실 줄이야. 이젠 제가 하지 않으면 안 되죠! 다행히 돌봐 주시는 손님들이 모두 가친 친구분들이라, 제가 모자라는 게 있어도 다 감싸 주시고 눈감아 주시지요. 장사로 먹고살자니 사람 밑천이 제일 중요하네요. 저도 가친이 하시던 대로 될 수 있는 한 좋은 말만 하고, 인사 잘하고, 누구나 좋아할 일을 하면 큰 사고는 없겠지요! 앉으세요, 좋은 세작[8] 한잔 올리지요!

진중의 차는 그만두게! 앉을 일도 없고!

왕이발 그래도 좀 앉으시지요! 진 대인께서 여기 앉으시기만 해도 제게는 큰 영광이니까요.

진중의 그래도 좋고! (앉는다.) 하나 날 너무 떠받들 필요는 없어!

---

8) 작설 중에서 여린 순만을 따서 만든 고급 차.

왕이발   이삼! 좋은 차로 한잔 가져오게! 대인, 댁에는 별고 없으신지요? 일도 다 잘되시고요?

진중의   그리 잘되는 건 아냐.

왕이발   뭘 염려하세요? 그렇게 장사가 잘되는데. 대인 작은 손가락이 제 허리보다 굵은걸요!

당철취   (쫓아와서) 이 나리 관상이 좋습니다. 이마가 그득하고 턱은 반듯한 것이 재상의 권세는 아니라도 도주공[9] 부귀는 누릴 것이오!

진중의   비키게! 저리 가!

왕이발   저기, 차 다 들었으면 나가서 일해야죠. (당철취를 가볍게 밀어 낸다.)

당철취   아! (고개를 숙이고 나간다).

진중의   여보게, 왕씨! 여기 집세는 좀 올려야 하지 않겠나? 예전에 자네 부친이 내던 집세는 내 찻값 대기에도 모자라거든!

왕이발   대인, 맞습니다, 말씀대로입니다. 하지만 그런 일이라면 대인께서 신경 쓰실 것까지 있겠어요? 집사 보내시면 잘 의논해서 시키시는 대로 할 텐데요! 네! 네!

진중의   자네, 부친보다 한술 더 뜨는군! 홍, 보라고, 조만간에 집을 내놓아야 할걸!

---

9) 『사기(史記)』「화식열전(貨殖列傳)」에 나오는 범려(范蠡). 성과 이름을 바꾸고 도(陶) 지방에 가서 주공(朱公)이라 자칭, 재산을 크게 모았다 하여 부자를 도주공이라 한다.

왕이발　　그게 무슨 말씀이세요? 대인께서 절 얼마나 잘
　　　　　보살펴 주시고 아껴 주시는지 잘 알고 있습니다.
　　　　　저더러 저 큰 찻주전자 메고 거리에 나가 차 팔라
　　　　　하진 않으실 테죠?

진중의　　두고 보라고!

시골 아낙이 열 살쯤 된 계집아이를 데리고 들어온다. 계집아이
의 머리에는 파는 물건이라는 뜻의 짚으로 엮은 표지가 꽂혀 있다.
이삼은 그들을 저지하려다가 불쌍한 생각이 들어 그냥 둔다. 그들은
천천히 안으로 걸어 들어온다. 손님들이 갑자기 웃음과 이야기를 멈
추고 바라본다.

계집아이　　(방 가운데쯤 멈춰 서서) 엄마, 배고파! 배고파!

시골 아낙이 멍청히 계집아이를 바라보더니, 갑자기 다리에 힘이
빠지는 듯, 바닥에 주저앉아 얼굴을 감싸고 흐느낀다.

진중의　　쫓아내 버려!

왕이발　　네! 나가요, 여기 앉아 있으면 안 돼요!

시골 아낙　　누구 적선 좀 하십시오. 이 아이, 은 두 냥만 주
　　　　　세요.

상 대인　　이삼! 난육면 두 그릇 말아서 저들 문밖에 데리
　　　　　고 나가 먹이게.

이삼　　예! (시골 아낙에게 가서) 일어나서 문밖에 나가 기

다려요. 난육면 갖다줄 테니!

시골 아낙   (일어나서, 눈물을 닦으며 밖으로 나간다. 아낙은 잊어버린 듯이 두어 걸음 가다가 다시 몸을 돌려 계집아이를 끌어안고 입을 맞춘다.) 우리 아가, 우리 딸!

왕이발   어서!

시골 아낙과 계집아이가 나가고 이삼이 뒤를 따라 난육면 두 그릇을 들고 나간다.

왕이발   (다가와) 상 대인, 좋은 일 하셨어요, 그들에게 국수를 먹이시다니! 그렇지만 말이에요, 이런 일은 너무나 많아요, 너무나! 누구도 그걸 다 챙길 순 없어요! (진중의에게) 대인, 제 말이 맞지요?

상 대인   (송 대인에게) 송 대인, 거참, 우리 청나라도 망하겠는걸!

진중의   (늙은이처럼) 망하고 아니고는 비렁뱅이에게 국수한 그릇 먹이는 것과는 상관이 없지요. 여보게 왕씨, 정말, 나 정말로 이 집 내놓으라 할 셈이네!

왕이발   그러시면 안 됩니다. 대인!

진중의   이 집만이 아니라네. 시골 땅과 성 안 가게들 모두 팔았네!

왕이발   왜요?

진중의   자본을 모아서 공장을 지으려고!

왕이발   공장을 짓는다고요?

진중의 응, 아주아주 큰 공장을! 그래야 가난한 사람도 구제할 수가 있고, 그래야 외제 물건에 대항할 수도 있고, 그래야 나라도 구할 수 있지! (말은 왕이발에게 하면서 눈으로는 상 대인을 본다.) 자네와 이런 이야기를 한들 무슨 소용인가, 알아듣지도 못할 텐데!

왕이발 아니, 오로지 남들을 위해서 재산을 다 내놓는다고요? 자신은 생각지도 않고요?

진중의 자넨 못 알아들을 거야! 그렇게 해야만 나라가 부강해질 수 있다고! 그래, 난 가야겠네. 장사 잘되는 걸 내 눈으로 봤으니, 이제 집세도 안 내고 적당히 넘겨선 안 되네!

왕이발 잠깐 기다리시지요, 인력거 불러 드릴게요!

진중의 그럴 필요 없네, 산보 좀 하는 것도 좋지!

진중의가 나가고 왕이발이 배웅을 한다.

소우가 방 태감을 부축하여 들어온다. 소우는 물담배 통을 들고 있다.

방 태감 어! 진 대인!

진중의 영감님! 요 며칠 좀 편안하십니까?

방 태감 말할 필요 있겠나? 천하가 태평해졌지. 성지가 내려와서 담사동을 참수했거든! 누구든 조상 때부터 내려온 법을 고치려 하면 바로 목이 떨어지고 말고!

진중의　그럴 줄 알았지요!

손님들이 갑자기 고요해지더니, 거의 숨을 죽이고 듣는다.

방 태감　총명하군, 진 대인, 그렇지 않고서야 어찌 그렇게
　　　　　큰 돈을 벌었겠나!

진중의　그까짓 재산이야 말할 거리도 못 되죠!

방 태감　너무 겸손하군. 온 북경성 안에서 누가 진 대인을
　　　　　모른단 말이오! 벼슬아치들보다 더 대단한걸! 듣
　　　　　자 하니, 많은 재산가들이 유신을 주장한다면서?

진중의　그렇게 말할 수만은 없죠. 제 위세쯤이야 어르신
　　　　　앞에서는 입도 뻥긋 못 하죠! 허허허!

방 태감　말 잘했소. 팔선이 바다 건너듯, 우린 각자 능력대
　　　　　로 사는 거지. 허허허!

진중의　다음에 인사 여쭈러 가겠습니다, 안녕히 계십시
　　　　　오! (퇴장한다.)

방 태감　(혼잣말로) 흥! 그깟 재산 좀 있다고 감히 나하고
　　　　　입씨름을 하려 들어? 정말 세월이 변해도 많이
　　　　　변했군! (왕이발을 향해) 유마 여기 있는가?

왕이발　총관 나리, 안으로 드셔서 쉬시지요!

유마는 벌써부터 방 태감을 보았지만, 방 태감과 진중의의 대화
를 방해할까 봐 다가가지 않았다.

32

유마　아, 나리! 평안하십니까? 벌써 반나절은 기다렸습니다. (방 태감을 부축하여 안으로 들어간다.)

송은과 오상이 다가와 인사를 한다. 방 태감이 그들에게 귓속말을 한다.
여러 손님들이 잠시 잠잠하더니 다시 의론이 분분하다.

손님 가　담사동이 누구지?

손님 나　들어 본 것도 같은데! 어쨌든 대죄를 범했나 보지? 그렇잖으면 왜 참수를 했겠어?

손님 다　벌써 두어 달 됐지 아마? 몇몇 관리들하고 선비들이 함부로 날뛰더라니, 그들이 무슨 짓거리를 한 건지 우리가 어찌 알겠소?

손님 라　맞아! 어쨌든 우리 튼튼한 기반은 지켜졌으니! 담 씨하고 또 그 강유위가 기인들도 특별 대우 해 줄 필요 없으니 각자 생계를 도모하도록 하라고 했다면서? 나쁜 놈들!

손님 다　그놈의 배급도 반은 위에서 뜯기고, 우리도 넉넉지가 않다고!

손님 라　그래도 없는 것보다야 낫지! 개똥밭에 굴러도 황천길보다는 낫다잖소? 나더러 자기 힘으로 생계 꾸리라면, 죽을 수밖에!

왕이발　여러분, 우리 나랏일은 이야기하지 맙시다.

모두 조용해지더니, 각자 자기들 일을 이야기하기 시작한다.

방 태감 (이미 앉아서) 뭐라고? 시골 계집아이 하나에 은 이백 냥이라고?

유마 (옆에 서서) 시골 아이라도 조신하게 생겼어요! 성 안에 데리고 가서서 잘 차려 입히고 가르치시면, 얼굴도 반반하고, 몸가짐도 조신할 거예요! 나리 일인데, 제 친아비 일보다도 더 성의를 다하고 있지요. 조금도 소홀함이 없을 겁니다.

당철취가 다시 들어온다.

왕이발 아니, 어쩌자고 또 돌아왔어?

당철취 거리가 어수선해서. 무슨 일인지 모르겠네!

방 태감 담사동의 잔당들을 잡아들이지 않고 되겠나? 당 철취, 자넨 안심하게, 아무도 잡아가지 않을 테니!

당철취 네, 총관 나리, 제게 아편 한두 모금만 주시면 제 가 더욱 사람 구실을 할 텐데요.

몇몇 손님들은 재앙이라도 예감한 듯 하나하나 빠져나간다.

송 대인 우리도 갑시다. 시간이 꽤 됐는걸!

상 대인 네, 갑시다!

회색 장삼을 입은 두 사람 — 송은과 오상이 다가온다.

송은 잠깐!

상 대인 무슨 일이오?

송은 방금 "우리 청나라도 망하겠는걸."이라고 말했겠다?

상 대인 나, 난 우리 청나라를 사랑하오. 망할까 봐 염려가 된단 말이오!

오상 (송 대인에게) 당신도 들었지? 그가 이렇게 말하던가?

송 대인 형씨들, 우린 매일매일 여기서 차를 마신다오. 주인 왕씨도 잘 알지. 우린 모두 아주 착한 사람들이오!

오상 들었는가를 묻지 않소?

송 대인 그거야, 그래도 좋게 좋게 얘기합시다. 두 분 좀 앉으세요!

송은 대답하지 않으면 당신도 잡아갈 거야! 그가 "우리 청나라도 망하겠는걸."이라고 했으니, 그건 바로 담사동과 한패란 뜻이야!

송 대인 나, 나 들었소, 그가…….

송은 (상 대인에게) 가자!

상 대인 어디로? 말은 분명히 해야지!

송은 체포를 거부할 셈인가? 여기 따르게 할 방법이 있지! (허리에 차고 있던 쇠곤봉을 꺼낸다.)

상 대인   이봐요, 이래 봬도 난 기인이오!

오상   기인이 매국노 짓을 하면 죄가 더 크지! 그를 묶
어라!

상 대인   묶을 필요 없소. 도망하진 못할 테니까!

송은   도망은 못 할 것 같군! (송 대인에게) 당신도 가 줘
야겠소. 가서 사실대로만 이야기하면 당신은 아무
일 없을 거요!

황뚱보가 네댓 사람과 함께 후원에서 나온다.

황뚱보   됐소. 구름이 다 걷혔으니 헛걸음은 아닌 셈이군.

송 대인   황 대인! 황 대인!

황뚱보   (눈을 비비며) 누구시오?

송 대인   나! 송가요! 이리 와서 몇 마디 좀 거들어 주시
오!

황뚱보   (알아보고) 오, 송 형, 오 형, 두 나리 일 보시는 중
이군요? 일 보시오!

송 대인   황 대인, 좀 도와주시오, 말 좀 해 주시오!

황뚱보   관에서 다루지 못할 일은 내가 처리하지만, 관에
서 할 일들이야 내가 왈가왈부할 게 못 되지! (모
두에게 묻는다.) 그렇잖소?

모두   물론, 그렇죠.

송은과 오상이 상 대인과 송 대인을 데리고 나간다.

송 대인 (왕이발에게) 우리 새장 좀 봐 주게.

왕이발 안심하세요, 댁에다 갖다 놓지요.

상 대인, 송 대인, 송은, 오상, 함께 퇴장한다.

황뚱보 (당철취가 방 태감이 와 있다고 귀띔하자) 오, 어르신
이 여기 계셨군요. 아내를 맞으신다고요, 먼저 축
하부터 드립니다!

방 태감 국수 먹기만 기다리게!

황뚱보 영광입니다. (퇴장한다.)

시골 아낙이 빈 그릇을 들고 들어와 계산대에 놓는다. 계집아이
가 따라 들어온다.

계집아이 엄마! 아직 배고파!

왕이발 참! 이제 나가요!

시골 아낙 가자, 얘야!

계집아이 저 안 팔아요? 엄마! 안 팔 거예요? 엄마!

시골 아낙 응, 착하지! (울면서 계집아이를 데리고 퇴장한다.)

강육이 강순자를 데리고 들어와 계산대 앞에 선다.

강육 애야, 순자야! 아비는 사람이 아니라 짐승이다!
그러니 나더러 어쩌란 말이냐? 네가 밥이라도 먹

을 곳을 찾지 않으면, 굶어 죽게 돼! 난 또 그나마
은전 몇 냥이라도 손에 쥐지 않으면, 지주 나리한
테 그대로 맞아 죽을걸! 순자야, 팔자소관이라 생
각하렴, 좋은 일 한다 생각하렴!

강순자 난, 난……. (말을 못 잇는다.)

유마 (뛰어와) 돌아왔군! 대답하는 거지? 좋아! 와서
총관 나리 뵈어야지! 나리께 절을 올려!

강순자 난……. (기절한다.)

강육 (딸을 붙들고) 순자야! 순자야!

유마 어떻게 된 거야?

강육 굶주린 데다 기가 막혀서 기절한 모양이오! 순자
야! 순자야!

방 태감 산 거 데려오랬지, 죽은 건 필요 없어!

고요하다.

손님 가 (손님 나와 장기를 둔다) 장이야! 자넨 끝났어!

막이 내린다.

2막

시간   전 막으로부터 십여 년 후. 원세개가 죽은 뒤, 제
          국주의 열강들의 사주로 중국의 군벌들이 할거하
          고 수시로 내전을 일으키던 때. 초여름 오전.

장소   전 막과 같다.

인물   왕숙분·신문팔이 소년·강순자·이삼·상 대인·
          강대력·왕이발·송 대인·임씨·피난민 몇 사람·
          송은·진씨·순경·오상·최구봉·특별 명령 수행
          군인 일곱 명·하숙인 두어 명·장교·당철취·유
          마·무장 군인 서너 명.

막이 오른다. 북경성 안의 큰 찻집들은 이미 연이어 문을 닫았다.
흔히 어려울 땐 큰 곳만 겨우 남듯이, '유태찻집' 한 곳이 겨우 남아

있다. 그렇지만 역시 도태를 면하기 위해 외양도, 경영 방법도 바꾸었다. 지금, 앞쪽에서는 여전히 차를 팔지만, 뒤쪽은 하숙으로 고쳤다. 앞에서도 차와 호박씨 정도를 팔 뿐 '난육면' 등은 이미 옛날얘기가 되어 버렸다. 주방도 뒤로 옮겨서 전적으로 하숙인들의 식사를 맡고 있다. 좌석도 크게 개량을 해서 모두 작은 탁자와 등나무 의자로 바꾸었고, 탁자 위에는 연녹색 식탁보를 깔았다. 벽에 걸려 있던 큰 팔선도와 재신을 모신 단도 모두 치워 버렸고, 대신 유행하는 미인 그림 — 외국 담배 회사의 광고 그림이다 — 이 걸려 있다. "나랏일은 이야기하지 맙시다."라는 글씨는 여전히 보존되어 있을 뿐 아니라, 오히려 더 크게 써 붙여 놓았다. 왕이발은 마치 시류를 따를 줄 아는 옛 성인처럼, '유태찻집'이 도태되도록 두지 않았을 뿐 아니라 새로운 발전을 도모했다.

출입문 등을 수리하느라 찻집은 며칠 영업을 하지 않았으며, 내일 문을 열 참이다. 왕숙분은 이삼과 실내를 꾸미느라 분주하다. 탁자, 의자 들을 이리저리 옮기며 어떻게 하면 이상적인 배치가 될까 궁리한다.

왕숙분은 유행하는 둥근 쪽머리를 하고 있는데, 이삼은 아직 길게 늘인 땋은 머리다.

학생 두엇이 뒤에서 나와 그들과 인사를 하고 나간다.

왕숙분　(이삼의 땋은 머리가 거슬리는 듯) 이씨, 우리 찻집도 이렇게 새 단장을 했는데, 그 머리도 잘라야 하지 않겠어요?

이삼　개량! 개량! 고칠수록 내 맘은 더 써늘해요!

왕숙분　그렇게만 말할 수는 없죠! 보세요, 서직문(西直門)의 '덕태(德泰)'나, 북신교(北新橋)의 '광태(廣泰)'나, 고루(鼓樓) 앞 '천태(天泰)' 같은 큰 찻집들이 앞서거니 뒤서거니 모두 문을 닫았지요! 우리 '유태'만이 아직 문을 닫지 않은 까닭이 뭔지 아세요? 다 우리 주인 양반이 개량을 해 갈 줄 알기 때문 아니겠어요?

이삼　흥! 황제가 없어졌으니 개량은 큰 개량이지! 그렇지만 이리 고치고 저리 고치더니 결국은 원세개가 또 황제를 하겠다질 않나, 원세개 죽은 후엔 온통 난리 통에 오늘은 대포질, 내일은 성문 봉쇄! 개량이라고? 흥! 난 내 땋은 머리 놔둘 거예요. 혹시 황제가 다시 돌아올지 알아요?

왕숙분　고집부리지 말아요! 이제 민국으로 바뀌었으니 우리도 따를밖에요. 어때요? 이렇게 꾸미니 전보다 훨씬 깨끗하고 보기 좋지 않아요? 또 개명한 사람들을 접대할 테니, 위신도 서고요. 그런데 그렇게 머리를 땋아 늘이고 있으니 얼마나 눈에 거슬려요?

이삼　아주머닌 눈에 거슬린다지만, 나는 맘이 편치 않다고요.

왕숙분　네? 뭐가 맘이 편치 않은 거죠? 뭐가요?

이삼　아직 몰라서 그래요? 앞에는 찻집, 뒤에는 하숙, 이걸 주인어른하고 나하고 둘이서 다 해내야 하니, 아무리 해도 너무 바쁘다고요!

왕숙분 앞쪽 일은 그이가 하고, 뒤쪽 일은 내가 돕고 있잖아요?

이삼 그래요, 도와준다 쳐요. 그래도 스무 칸 가까이 되는 방을 치우고, 스무남은 명의 밥을 해 대고, 차 심부름에다 시장 보고 편지 전달까지! 스스로 한번 물어봐요, 내가 견뎌 낼 수 있겠는지?

왕숙분 이씨, 옳아요! 그렇지만 이렇게 어수선한 때 일거리가 있는 것만도 감사할 일이죠! 좀 참읍시다!

이삼 난 못 하겠어요! 허구한 날 네댓 시간밖에 못 자고, 내 몸이 무쇠로 된 줄 아세요?

왕숙분 음! 이씨, 요즘 같은 때 누군들 편히 지낼 수 있겠어요? 조금만 기다리세요. 대전이 여름 방학 지나면 중학교 졸업이고, 둘째도 곧 자랄 테니, 그들이 돕기 시작하면 우리가 좀 수월해지겠지요. 아버님 살아 계실 때부터 우리 도와줬잖아요? 오랜 친구, 오랜 식군데!

왕이발이 늙수그레한 모습으로 뒤쪽에서 나온다.

이삼 오랜 식구요? 스무 해가 넘었지요. 그렇다고 내게 월급이라도 올려 준 적 있어요? 온통 개량을 한다면서 왜 월급은 개량을 안 할까?

왕이발 어! 그게 무슨 말이야? 우리 장사가 점점 잘되었다면 내가 월급을 올려 주지 않을 턱이 있겠어?
됐어, 됐어, 내일 개업인데 길하려면 우선 싸우진
말아야지. 됐지? 올 라이트(All right)?

이삼　뭐가 됐다고요? 나도 개량을 해 주지 않으면, 더
는 일 못 하겠어요!

뒤에서 부른다. "이삼! 이삼!"

왕이발　최 선생이 부르시네, 빨리 가 보게! 우리 이 일은
시간 있으니 다시 잘 상의해 보세!

이삼　어휴 참!

왕숙분　저, 어제도 성문을 닫았는데, 오늘도 닫을는지 모
르잖아요? 이씨, 여기 일은 주인어른한테 맡기고,
가서 장이나 좀 봐 오죠! 다른 건 몰라도 무장아
찌는 좀 사 와야 해요!

뒤에서 또 부른다. "이삼! 이삼!"

이삼　그래, 뒤에서 부르고, 앞에서 재촉하고, 날 아예
두 동강을 내시우!

화가 난 채, 뒤쪽으로 간다.

왕이발　여보, 이씨는 나이도 있고, 좀 조심을……

왕숙분   아휴, 지금 한참 불평을 하고 난 참이에요! 불평
          해도 마땅하죠! 그 앞에서는 똑바로 말할 수가
          없었지만, 당신한테는 바른말 해야겠어요. 우리
          사람을 더 써야 해요!

왕이발   사람을 더 쓰자면 월급을 줘야 할 텐데, 우리가
          그만큼 벌 수 있겠소? 내가 다른 일을 할 줄 안다
          면, 아직 찻집을 하고 있겠소? 빌어먹을!

멀리서 포성이 들린다.

왕이발   에이, 빌어먹을, 또 대포 쏘기 시작했군! 난리다
          난리! 내일 문이나 열 수 있다면 신기한 일이지!
          어쩌라는 건지?

왕숙분   멀쩡한 사람이 웬 허튼소리예요? 저 대포 내가
          쏘라 하기라도 했나?

왕이발   괜히 끌어다 붙이지 말고 일이나 합시다. 거참!

왕숙분   지쳐서 쓰러지지 않으면, 대포 맞아 죽을 걸 나도
          다 안다고요!

천천히 뒤쪽으로 걸어간다.

왕이발   (좀 부드럽게) 여보, 염려할 것 없어요. 그렇게 쏴
          대도 우리를 쏴 죽이진 못할 거야. 북경성은 아주
          견고하거든!

왕숙분　아이구, 대포 소리에 이렇게 가슴이 뛰는데, 북경 성이 견고하다고요! 이씨에게 장 볼 돈이나 줘야 겠어요. (퇴장한다.)

한 무리의 남녀 피난민들이 문밖에서 애걸한다.

피난민　주인장, 도와주세요, 불쌍히 여기시고!

왕이발　가요, 보태 줄 게 없어. 아직 문도 안 열었어요!

피난민　불쌍히 여기시고, 우린 모두 피난민이에요!

왕이발　괜히 시간 낭비 하지 말아요! 나도 내 입에 풀칠 도 못 하고 있으니!

순경이 등장한다.

순경　가! 꺼지라고! 빨리!

피난민들이 흩어진다.

왕이발　어떻게 된 일이오? 나리! 또 굉장히 퍼붓나 보지 요?

순경　굉장해요! 싸움이 심하지 않으면 웬 피난민들이 이렇게 많겠어요! 명령 받고 나왔소. 밀전병 팔십 근을 12시까지 가져오랍니다. 성 안의 군대도 마 른 양식이라도 있어야 나가 싸울 테니!

왕이발　아이고야, 우리 나리, 여긴 이제 뒤쪽 하숙 바라지만 하지, 음식은 안 팔아요. 게다가 문도 안 열었고. 팔십 근은커녕 한 근도 못 낼 형편인걸요!

순경　당신이야 당신 이유가 있고, 난 내가 받은 명령이 있으니, 알아서 하라고! (가려 한다.)

왕이발　잠깐! 여긴 정말 정말로 아직 문도 안 열었어요. 그건 아시잖소! 문 연 뒤에도 신세를 많이 질 텐데! 자, 이걸로 차나 드세요! (지폐를 건넨다.) 말씀 좀 잘해 주시면, 은혜 잊지 않겠소!

순경　(돈을 받아 들고) 말해 보리다. 될는지 어떨는지는 나도 잘 모르겠소.

무장 군인 서넛이 너덜너덜한 차림에 등에는 총을 메고 문으로 튀어 들어온다.

순경　형씨들, 여긴 지금 호구 조사 중이오. 아직 문도 안 열었소!

무장 군인　망할 놈의!

순경　주인장, 노형들 노고를 생각해 찻값이라도 좀 드려요, 다른 곳에 가서 드시게!

왕이발　노형들, 정말 미안합니다. 아직 문을 안 열어서. 그렇지만 않다면 여기 머무시면 좋을 텐데! (지폐를 순경에게 건넨다.)

순경　(군인들에게 건네주며) 그럽시다. 노형들 양해하시오. 정말 여러분을 대접할 형편이 못 된답니다!

무장 군인 씨팔! 누가 지폐를 달래? 은전으로 줘야지!

왕이발 형씨들, 나더러 어디 가서 은전을 구하라고요?

무장 군인 씨팔! 이걸?

순경 어서, 좀 더 써요!

왕이발 (꺼내며) 형씨들, 이제 내게 한 푼이라도 더 있다면, 우리 집에 불을 질러도 좋소! (지폐를 건넨다.)

무장 군인 씨팔! (돈을 받아 들고 퇴장한다. 손 닿는 대로 식탁보 두 장을 집어 간다.)

순경 다행이군. 내가 큰 화를 면케 해 준 거라고! 그들이 안 갔다면 당신은 끝이지. 찻잔 하나도 안 남았을 테니까!

왕이발 이 은혜 평생 안 잊겠소!

순경 그럼 그런 공로를 생각해서 또 좀 성의 표시를 해야잖겠소?

왕이발 맞아요! 나리 말이 다 옳소! 하지만, 뒤져 봐요, 정말 동전 하나도 안 남았으니! (겉옷을 들치고 찾게 한다.) 뒤져 봐요, 정말!

순경 못 당하겠군! 내일 봅시다. 내일은 비가 올지 아니면 바람이 불지! (퇴장한다.)

왕이발 살펴 가시오! (순경이 가는 것을 보고는 발을 쾅쾅 구르며) 빌어먹을! 전쟁, 전쟁! 오늘도, 내일도 죽어라 싸워 대네. 도대체 어쩌겠다는 거지?

당철취가 들어온다. 여전히 그렇게 마르고 더럽지만, 그래도 비단 겹옷을 입었다.

당철취 주인장! 축하하러 왔소!

왕이발 (아직 화가 난 채) 오, 당 선생! 이제 공짜 차 마실 생각은 마시오! (살펴보더니, 웃음을 띠고) 요즘 신수가 훤하시네! 비단옷을 다 입고!

당철취 예전보단 좀 낫다우! 어수선한 시절 덕분이지!

왕이발 이런 시절 덕분이라니! 좀 이상하게 들리는걸!

당철취 어수선할수록 내 장사는 잘되거든! 이런 때야 누가 살고 누가 죽을지는 다 운에 달렸잖소. 그러니 점이든 관상이든 안 볼 수가 있겠나? 어때, 안 그래요?

왕이발 예스, 그럴 수도 있겠지!

당철취 뒤쪽을 하숙으로 고쳤다면서? 내게도 방 하나 빌려주지 않겠소?

왕이발 당 선생, 당신 그 버릇 때문에 여긴 좀⋯⋯.

당철취 나 아편 끊은 지 벌써 오래요!

왕이발 정말이오? 진짜 부자 되겠네!

당철취 '백면(白面)'으로 바꿨지. (벽의 담배 광고를 가리키며) '하트만' 시가는 길고 옹골지지 못해서, (담배를 꺼내 시범을 보이며) 한 번만 빨아도 쑥 비거든. 여기다 '백면'을 끼면 안성맞춤이라고. 대영 제국의 시가와 일본의 '백면', 두 강대국이 나 하나를 시중들고 있으니, 복에 겨운 일 아니겠소?

왕이발 그럴듯하군요. 하지만 여긴 사람이 다 차서. 언제라도 빈방이 나면 남겨 두지요!

당철취 날 깔보고 그러는 거지? 방세를 못 낼까 봐!

왕이발 그럴 리가! 다들 여기서 오래 사귄 분들인데, 누가 누굴 깔보고 어쩌고 하겠어요? 다 아시면서!

당철취 자네 입이 나보다도 더 매끄럽군!

왕이발 난 입만 놀리는 건 아니오. 마음도 바로 쓰고 있다고요! 십여 년 동안 도대체 내 공짜 차를 얼마나 마셨는데? 계산이나 한번 해 봐요! 지금 괜찮게 지내는 모양인데, 나한테 찻값 갚을 생각은 안 해 봤소?

당철취 일간 다 쳐서 갚으리다, 얼마나 된다고! (멋쩍은 듯이 밖으로 나간다.)

길에서 신문팔이 소년이 외친다. "장신점(長辛店) 대전투 소식이요, 신문 보세요, 장신점 전투 소식!" 신문팔이 소년이 안을 기웃거린다.

신문팔이 소년 아저씨, 장신점 전투 소식이에요. 한 장 사 보시죠?

왕이발 안 싸운다는 소식 좀 없니?

신문팔이 소년 있을지도 몰라요. 직접 찾아보세요!

왕이발 가라! 안 본다!

신문팔이 소년 아저씨가 안 봐도 싸움은 계속할걸요! (당철취에게) 선생님, 신문 하나 봐 주세요!

당철취 난 저 사람하곤 다르지. (왕이발을 가리키며) 난 나랏일에 관심이 많거든! (신문 한 장을 집어 들고는 돈도 주지 않고 가 버린다.)

신문팔이 소년이 당철취를 쫓아 퇴장한다.

왕이발 (혼잣말로) 장신점! 장신점! 여기서 멀지 않은데! (부른다.) 이씨, 이씨! 서둘러 장 보러 가야겠어. 좀 있으면 분명 성문을 닫을 테니, 그럼 아무것도 못 살 거야! 허 참! (뒤에서 아무 대답이 없자, 화가 나 뒤쪽으로 뛰어간다.)

상 대인이 무장아찌 한 꿰미와 닭 두 마리를 들고 들어온다.

상 대인 주인장!

왕이발 누구신가? 아니, 상 대인 아니십니까! 어떻게 지내세요?

상 대인 야채 장사를 한다오! 내 힘으로 먹고살지, 말 그대로! 오늘 성 밖은 시끌시끌해서 야채도 못 사고 이리저리 찾아, 이 닭 두 마리와 무장아찌 몇 근을 구했소. 여기 내일 개업도 한다기에 필요할 것 같아 특별히 가져왔소!

왕이발   이렇게 고마울 데가! 마침 방도가 없어 걱정하던
        참인데!

상 대인 (사방을 둘러보고) 멋있어, 훌륭해! 아주 단장을
        잘했구먼! 큰 찻집들이 다 문을 닫았는데, 자네만
        은 생각이 있어 시류따라 개량을 하는구먼!

왕이발   과분한 말씀입니다. 힘 닿는 데까지 하는 거죠.
        근데 세상이 계속 이렇게 혼란스러울까 걱정이
        에요!

상 대인 나 같은 사람은 이제 이런 찻집엔 앉아 있지도 못
        하겠는걸!

송 대인이 걸어 들어온다. 차림이 허술하지만 그래도 새장을 들고
있다.

송 대인 주인장! 내일 개업한다기에 축하하러 왔소! (상
        대인을 보고) 아니! 상 대인! 보고 싶어 죽을 뻔
        했소!

상 대인 송 대인! 잘 있었소?

왕이발   모두 앉으세요!

송 대인 주인장, 별일 없죠? 부인도? 아드님도? 장사도 잘
        되고?

왕이발   (금방 받아서) 네! 덕분에! (닭과 무장아찌를 들고)
        상 대인, 얼마면 될까요?

상 대인 알아서 주시오. 얼마나 될지 줄 만큼 주면 되지!

왕이발 참! 차를 좀 우려 오지요! (물건들을 뒤로 가져간다.)

송 대인 상 대인, 어, 어찌 지내나?

상 대인 야채 장사를 하지! 우리 기인들 받던 거도 다 끊겼으니, 팔뚝 힘이라도 쓸밖에! 자넨 어찌 지내나?

송 대인 어찌 지내냐고? 난 한바탕 울고 싶으이! 내 옷차림 보게. 이게 어디 사람 행색인가?

상 대인 자넨 쓸 줄도 알고 셈도 할 줄 아는데, 일을 못 찾겠더란 말인가?

송 대인 누군들 눈 뜨고 굶으려 하겠는가? 하지만 누가 우리 기인을 써 줘야 말이지! 생각해 보면, 청나라가 뭐 좋았던 건 아니지만 이제 민국에선 굶어 죽게 생겼네!

왕이발 (차 한 주전자를 받쳐 들고 온다. 상 대인에게 돈을 건넨다.) 얼마나 쓰셨는지 모르겠지만, 전 요만큼만 드릴게요!

상 대인 (돈을 받아, 보지도 않고 품속에 쑤셔 넣는다.) 됐소!

왕이발 송 대인, (새장을 가리키며) 아직 카나리아는 잘 우나요?

송 대인 물론, 여전히 카나리아지! 난 굶어도 새는 굶길 수가 없지! (좀 정신이 나는 듯) 자, 보라고. (덮개를 벗긴다.) 얼마나 잘생겼는지! 이 녀석만 보면, 그냥 죽지도 못하겠다고!

왕이발 송 대인, 죽는단 말은 하지 마세요! 때가 되면 또
      좋은 날이 오겠지요!

상 대인 송 대인, 갑시다! 어디 가서 술 한잔 합시다! 취
      하면 온갖 근심이 다 사라지거든! 주인장, 당신은
      청하지 않겠소, 주머니가 얇아서!

왕이발 저도 여길 뜰 수가 없군요. 못 나갑니다.

상 대인과 송 대인이 막 나가려는데, 송은과 오상이 들어온다. 그
들은 여전히 회색 장삼 차림이나, 소매가 좁아졌고, 위에 푸른 마고
자를 입었다.

송 대인 (그들인 줄 알아보고, 저도 모르게 다가가서 예를 올
      린다.) 아, 두 분이시군요!

왕이발도 마치 송 대인에게 전염이라도 된 듯 역시 예를 올리니,
오히려 그 둘이 놀라 멈춰 선다.

송은   어떻게 된 거요? 민국 된 지가 벌써 몇 핸데 아
      직 그런 구식 인사를 하다니? 신식 인사 할 줄
      모르오?

송 대인 두 분의 회색 장삼을 보자, 옛날 청조 때의 일이
      생각나서 그만! 예를 올리지 않을 수 없었소!

왕이발 저도 그랬지요! 그리고 이런 인사가 고개만 숙이
      는 것보다 정중한 것 같고요!

오상 하하하하! 송 대인, 당신네 기인들 혜택도 다 없어지고, 오히려 우리 회색 장삼이 세도를 누리게 되었소. 하하하! (상 대인을 보고) 상 대인 아니시오?

상 대인 그렇소, 잘 알아보시는구려! 무술년에 여기서 "우리 청나라도 망하겠는걸."이라고 한마디 했다가, 당신들한테 끌려가 일 년 넘게 감옥살이를 했지!

송은 당신 기억력도 상당하군! 잘 지내시오?

상 대인 덕분에! 감옥에서 나와, 얼마 안 되어 경자년(1900년)이 됐지. 청을 돕고 양을 멸하려고 의화단이 되어 양놈들하고 몇 차례 싸웠소! 엎치락뒤치락하더니, 결국 청나라는 망했고. 망해도 싸지! 난 기인이지만 말은 바로 해야지! 지금은 매일 새벽같이 일어나 채소를 한 짐 해다가, 10시쯤까지 돌면 다 팔거든. 내 힘으로 먹고사니, 더욱 몸에 힘이 나는 것 같소! 언제든 양놈들이 다시 쳐들어오면, 이 상 아무개는 나가 싸울 준비가 되어 있다고! 난 기인이고, 기인도 중국 사람이니까! 두 분은 어떻소?

오상 되는대로 사는 거지. 황제가 있을 때는 황제에게 충성을 다하고, 원(袁) 총통이 있을 때는 또 원 총통에게 충성을 다하고. 지금은, 송은, 뭐라 해야하지?

송은 우리에게 밥 먹여 주는 이에게 충성을 바치지!

상 대인	양놈이 밥을 먹여 준다면?
송 대인	상 대인, 갑시다!
오상	상 대인, 들으시오. 우리에게 충성을 요구하는 이들은 모두 양놈들에게 기대고 있다고! 양놈의 총과 대포가 없으면 어찌 전쟁을 할 수 있겠소?
송 대인	옳아요! 네! 상 대인, 갑시다!
상 대인	안녕히 계시오. 두 분, 돈도 많이 벌고 벼슬도 많이 하고 잘 사시오! (송 대인과 퇴장한다.)
송은	이 자식이!
왕이발	(차를 따르며) 상 대인은 언제나 저렇게 뻣뻣하지요. 신경 쓰지 마세요! (차를 권하며) 차 한잔 드세요, 막 우린 거예요.
송은	뒤에 사는 이들은 모두 어떤 이들이지?
왕이발	대개 학생들이고, 몇몇 잘 아는 이들도 있어요. 등기부가 있어서 늘상 순경 나리께 보고를 하고 있죠. 가져올까요? 보시겠어요?
오상	등기부가 아니라 사람을 봐야지.
왕이발	볼 것도 없어요.
송은	왜 학생들을 주로 받지? 학생들이 그리 성실한 것도 아닐 텐데!
왕이발	요즘은 벼슬하는 이도 오늘 부임하는가 하면 내일 쫓겨나고, 장사하는 이도 오늘 문 여는가 하면 내일 문 닫고, 모두 믿을 수가 없어요! 학생들만 돈이 있어서 꼬박꼬박 방세를 내지요. 돈 없이는

대학에 다닐 수도 없을 테니까요! 바로 이런 계산에서죠.

송은 아주 훤하군! 자네 말이 옳아! 지금 우리도 월급을 못 받고 있으니!

오상 글쎄 말이야. 그래서 매일매일 사람을 잡아들이지 않으면 안 된다니까, 수당이라도 좀 받으려면!

송은 잘못 잡아가는 법은 있어도 그냥 놔주는 법은 없지. 잡아들이기만 하면 수당은 있으니까! 가 보자고, 뒤에 가서 살펴봐야지!

오상 가지!

왕이발 두 분 나리! 안심하세요, 보장한다니까요!

송은 안 보면 잡아들일 수가 없고, 그럼 누가 우리에게 수당을 준다지?

오상 우리한테 보여 주지 않으려는 걸 보니, 뭔가 생각이 있나 본데, 그렇잖소? 우리도 주인장 체면을 좀 봐주고! 어떻소? 주인장!

왕이발 난…….

송은 내가 그저 그런 방법을 하나 알려 줄까? 아예 월정으로 하면 어때? 양력으로 매월 1일 그걸…….

오상 그걸!

송은 그래, 그걸 주면, 자네나 우리나 다 일을 더는 셈이지!

왕이발 그건 얼마나?

오상 이렇게 오래 알고 지내는 처지에, 그건 알아서 하시오! 총명한 사람이니, 그 성의를 민망하게 만들진 않겠지?

이삼 (장바구니를 들고 뒤에서 나온다.) 아, 두 분 나리! (예를 올린다.) 오늘도 성문이 닫히겠죠! (대답도 기다리지 않고 나간다.)

학생들 두엇이 서둘러 돌아온다.

학생 아저씨, 지금 나가지 마세요, 길에서 아무나 막 잡아가요! (뒤로 들어간다.)

이삼 (계속 밖으로 나가며) 잡혀가면 그만이지, 어디서든 힘들기야 마찬가지니!

유마가 혼이 빠진 듯이 뛰어 들어와, 이삼과 정면으로 부딪친다.

이삼 웬일이에요? 놀라 혼이 다 빠졌네!

유마 (숨을 헐떡이며) 나, 나, 나가지 말게! 하마터면 잡혀갈 뻔했네!

왕이발 이씨, 좀 기다려 보게.

이삼 점심은 어떻게 하라고요?

왕이발 모두에게 점심엔 무장아찌밖에 없다 알리게, 다른 수가 없으니! 저녁땐 닭을 먹도록 하고.

이삼 그러죠! (돌아 들어간다.)

유마 아이고, 간 떨어질 뻔했네!

송은　자네야 살아 봤자 처녀 몇 더 팔아먹을 텐데 뭐?

유마　파는 사람이 있고 사는 사람이 있으니, 나야 중간에서 도와줄 뿐, 날 나무랄 수 있소? (식탁 위에 있는 석 잔의 차를 다 마셔 버린다.)

오상　잘 듣게. 우리가 청조 때부터 주로 혁명당을 잡아들이느라, 인신매매나 부녀자 유괴 같은 지저분한 일들은 별로 상관치 않았지. 하나 이제부터 우리 눈에 띄면 눈감아 주지 않을 거야! 그리고 자네 같은 작자는 잡혀 들어가면, 분명 오줌통에다 묶어 놓을걸!

유마　나리들, 그러지 마십시오! 나도 지금 거의 굶어 죽을 지경이라고요. 예전엔 기인 나리들이나 궁에 계신 태감들 문만 드나들었는데, 이렇게 혁명이 되고 나니 더 죽겠소! 지금은 총장, 차관, 사단장, 연대장 할 것 없이 첩을 얻을 때면 평극(評劇) 여배우들이나 경극 여주인공들만 찾아요. 또 한 번에 은전으로 삼천에서 오천씩 쓴다니까요! 근데 난 쳐다보기만 하지 손도 못 댄다고! 거기다 대면 내 거야 새 발의 핀데 뭘 그러슈?

송은　자넨, 오줌통에 묶여 봐야 정신을 차리지!

유마　알았소. 오늘은 모실 형편이 못 되지만, 이담엔 성의 표시를 하지요!

오상　자네 오늘 일거리가 있지? 그렇잖으면 이렇게 어수선한데 나올 리가 없지!

유마	아뇨! 없어요!
송은	자네 입이야 거짓말로 칭칭 둘렀으니! 사실대로 말하는 게 좋을걸! 주인장, 우린 나가서 한 바퀴 돌고 오지. 다음 달 초하루, 양력으로, 잊지 말게.
왕이발	내 이름은 잊어버려도 그건 안 잊을 거요!
오상	그럼 약속한 걸세! (송은과 함께 퇴장한다.)
왕이발	자, 유마, 차 다 마셨으면 나가 보시지!
유마	자네 일이나 보게, 난 지금 두 친구를 기다리는 중일세.
왕이발	터놓고 말하지. 여기선 이제 그런 일은 안 돼요. 우린 개량을 했다고, 문화적인 곳으로!

강순자가 조그만 보따리를 들고 강대력을 데리고 들어와 살핀다.

강대력	여기예요?
강순자	응, 맞아. 그런데 좀 바뀌었는걸? (들어와 자세히 살핀다. 유마를 보고는) 대력아, 들어오너라, 여기다!
강대력	맞게 찾았군요? 어머니!
강순자	틀림없어! 그놈이 저기 있는 걸 보니 틀림없어!
왕이발	누굴 찾으시오?
강순자	(말도 안 하고 곧장 유마에게 달려간다.) 유마, 날 알아보겠니? (때리려 하나 손은 나가지를 않고 떨리기만 한다.) 너, 너, 나쁜 자……. (욕을 하려 하나 그것도 어렵다.)

유마   이 아낙이, 아닌 밤중에 홍두깨라더니 왜 이래?

강순자 (몸부림치며) 아닌 밤중에 홍두깨라고? 자, 내가
        누군지 좀 보시지? 사내로 태어나서 뭐 할 일이
        없어, 그따위 천벌받을 일을 한단 말이오? 퉤! 퉤!

왕이발 아주머니, 할 얘기가 있으면 좋게 하세요!

강순자 주인이시죠? 기억나세요? 십여 년 전에 아내를 얻
        은 태감이 하나 있었죠?

왕이발 그럼, 당신이 바로 방 태감의…….

강순자 모두 저 (유마를 가리킨다.) 파렴치한 작자가 꾸민
        일이죠. 내 오늘 빚을 갚으러 왔어요! (또 때리려
        하지만 여전히 못 하고 만다.)

유마   (숨는다.) 어딜! 어딜! 사내대장부가 아낙하고 싸울
        수 있나! (말하면서 자꾸 뒤로 빠진다.) 누구 좀 찾
        아서 이치를 따져 보자고! (뒤로 줄행랑을 놓는다.)

왕이발 (강순자에게) 아주머니, 앉으시오. 할 얘기가 있으
        면 찬찬히 해 보시오! 방 태감은요?

강순자 (앉아서 숨을 몰아쉬며) 죽었죠. 조카들 손에 굶어
        죽었어요. 민국이 되자, 돈은 있어도 세도가 없어
        져 조카들한테 당했지요. 그가 죽자 조카들이 우
        릴 쫓아냈고요. 덮을 거 한 장 없이 말이에요!

왕이발 얘, 얘는…….

강순자 제 아들이에요!

왕이발 당신……?

강순자 마찬가지로 팔려 와서 태감 수양아들이 된 거죠.

강대력	어머니! 처음에 여기서 팔려 오신 거예요?
강순자	그래, 애야! 여기란다. 문을 들어서자마자 난 기절해 버렸지. 난 여길 결코 잊어버릴 수가 없어!
강대력	난 우리 아버지가 날 어디서 팔았는지조차 몰라요!
강순자	그때 넌 겨우 한 살이었는걸? 내가 널 길렀지. 넌 이 어미와 한마음이지. 그렇잖니? 애야!
강대력	그 늙은이가 어머닐 꼬집고 비틀고 물고, 또 담뱃대로 날 찌르고! 그런데도 그쪽은 수가 많아 당할 수가 없었죠! 어머니가 안 계셨더라면, 전 분명 그들에게 맞아 죽었을 거예요!
강순자	그래, 그들은 수도 많고, 우린 너무 순진했어! 보렴, 유마를 보고 물어뜯고 싶었는데도 그 뺨도 한 대 못 때려 줬으니. 손이 나가질 않아!
강대력	어머니, 제가 크면 대신 때려 줄게요! 난 친어머니가 누군 줄도 몰라요. 어머니가 제 친어머니예요!
강순자	그래, 그래! 우리 언제까지든 함께 있자꾸나. 난 돈 벌고 넌 공부하고! (잠시 멍청히 있다가) 주인어른, 예전에 내가 여기서 팔려 갔으니 우린 어쨌든 인연이 있는 셈이죠. 좀 도와주세요. 일거리 좀 주세요. 난 굶어 죽어도 좋지만, 이 불쌍한 아이를 굶어 죽게 할 수는 없어요!

왕숙분이 나와 뒤에 서서 듣는다.

왕이발	뭘 할 줄 아시오?
강순자	빨래하고, 바느질하고, 밥 짓고 그런 건 다 하죠! 전 시골서 자라서 고생도 잘 견뎌요. 태감 마누라만 아니라면 뭐든지 다 달게 하겠어요!
왕이발	얼마나 받으려는데?
강순자	세끼 밥 먹고, 잠잘 곳 있고, 우리 대력이 학교만 보낼 수 있으면 돼요!
왕이발	알았소, 내 알아보리다! 그리고, 그때 일은 나도 아직 잊지 않았소. 그 생각을 하면 지금도 맘이 좋지 않다니까!
강순자	하지만 지금 우리 모잔 갈 곳이 없어요.
왕이발	시골에 가서 아버지라도 찾아보지!
강순자	죽었는지 살았는지 알 바 아니에요. 살아 있다 하더라도 찾아가진 않을 거예요! 내게 그런 짓을 했으니, 나도 아버지라고 부를 필요가 없지요!
왕이발	금방 일을 찾기는 쉽지 않을 텐데!
왕숙분	(다가와서) 빨래도 하고 밥도 짓고 또 큰돈을 달라지도 않는다면 내가 쓰겠어요!
왕이발	당신이?
왕숙분	나도 이 집 안주인이잖아요? 설마 나하고 이씨하고 지쳐 쓰러지라는 건 아니겠죠?
강순자	주인어른, 한번 써 보세요! 안 되겠거든 말씀하세요, 떠날 테니!
왕숙분	아주머니, 따라오세요!

강순자 그때 내 여기서 팔려 갔으니, 이제 여길 친정으로 생각하겠어요! 대력아, 오너라!

강대력 어르신, 절 때리시지만 않는다면 어머닐 도와 일 할게요! (왕숙분과 강순자를 따라 퇴장한다.)

왕이발 잘한다. 한꺼번에 입이 두 개나 늘었군! 태감이 사라지니 태감네 식구들이 모두 이리로 온 셈이네!

이삼 (유마를 엄호하고 나와) 빨리 가세요! (돌아간다.)

왕이발 어서 가요. 머뭇거리다 정말 얻어맞으려고 그래요?

유마 두 친구를 기다린다고 하지 않았소?

왕이발 정말 말이 안 통하는군!

유마 어쩔 도리가 있겠소? 직업 바꾸기가 그리 쉬운가? 자네는 늙도록 자네 찻집을 하고, 난 늙도록 내 이 일을 하는 거지! 언제까지든 난 이 일을 할 테지!

임씨와 진씨가 만면에 웃음을 띠고 걸어 들어온다.

유마 (두 사람이 자기보다 어린데도 불구하고, 그들을 형이라 부른다.) 임 형, 진 형! (주인 왕씨가 못마땅해하는 걸 보고, 얼른 말한다.) 주인장, 여기 지금 사람도 없으니, 내 일 좀 봅시다. 다음부턴 안 할 테니!

왕이발 그 아낙이 (뒤쪽을 가리킨다.) 아직 여기 있다고요!

유마	괜찮아. 그 아낙, 사람을 때리진 못하거든! 또 정말 때리려고 하면 이 형들이 도와줄 거고!
왕이발	정말 못 말리겠군! 흥! (뒤쪽으로 간다.)
유마	앉으쇼, 얘기합시다!
임씨	말해! 아우!
진씨	형님이 말하슈!
유마	누가 말하든 마찬가지 아니오?
진씨	말하슈, 형님이잖소!
임씨	저…… 우리 둘은 의형제요!
진씨	그래요! 의형제. 바지 하나도 같이 입는 사이라고!
임씨	저 친구에게 은전이 좀 있죠!
유마	은전이라고?
진씨	형님도 은전이 좀 있고!
유마	전부 얼마나 되는데? 숫자를 말해야지!
임씨	그건 아직 말할 수 없지!
진씨	성사시킬 수 있다면 알려 주지!
유마	은전이 있으면 못 할 일이 없지!
임씨/진씨	정말이오?
유마	거짓말이면 내 손에 장을 지지지!
임씨	그럼 말하지, 아우!
진씨	형님이 말하슈!
임씨	봐요, 우린 둘이지만…….
유마	옹! 그래서?

진씨 둘이 바지 하나도 같이 입는 사이라고!

유마 응!

임씨 우리 사이를 비웃을 사람은 없겠지?

유마 우정이야 비웃을 사람이 없지.

진씨 세 사람의 우정도 비웃을 사람이 없겠지?

유마 셋이라고? 누구누구?

임씨 여자까지!

유마 응! 응! 응! 알겠소! 하지만 쉽지 않아. 이런 일은 해 본 적이 없거든! 모두들 우리 부부 두 사람이라 하지, 우리 부부 세 사람이라 하는 법은 없지.

임씨 쉽지 않다고?

유마 상당히 어려운데!

임씨 (진씨에게 묻는다.) 어떻게 하지?

진씨 그냥 이렇게 그만둔단 말이야?

임씨 그럴 수 없지! 십여 년 동안 군인 노릇을 했는데, 마누라 반쪽도 못 얻어 보다니! 우라질!

유마 그만둘 수 없다면, 다시 생각해 보자고! 도대체 은전이 얼마나 있는데?

왕이발이 최구봉과 뒤쪽에서부터 천천히 걸어온다. 유마 등이 말을 멈춘다.

왕이발 최 선생님, 어제 진중의 어른께서 사람을 보내 청하시던데, 왜 안 가십니까? 학문이 천문 지리를 두루 통하고, 또 국회의원까지 지내신 분이 여기서 허구한 날 경만 읊고 계시니! 왜 나가셔서 일을 좀 하지 않으세요? 이렇게 훌륭하신 분이 벼슬을 해야죠! 선생같이 청렴한 관리들이 계시면 우리 백성들이 태평세월을 보낼 텐데!

최구봉 부끄럽소! 국회의원을 지낸 건, 그거야말로 업을 지은 것일 뿐! 혁명이 무슨 소용이겠소. 웃기는 일이지! 음! 지금은 그저 도를 닦으면서 참회할 뿐이오!

왕이발 진 선생은 공장을 열고 또 은행을 열었죠!

최구봉 공장을 하고 은행을 하면 뭘 하겠소? 그는 산업을 일으켜 나라를 구하겠다지만, 누굴 구했소? 자신을 구했을 뿐이지. 그는 돈이 더욱 많아졌으니까! 그렇지만 그 정도 사업이야, 흥, 외국인들이 새끼손가락 하나만 내밀어도 다 땅에 엎어져 버릴 테니, 다시는 일어나지도 못할걸!

왕이발 그렇게 말씀하지 마세요! 우리에겐 그만한 희망도 없다는 건가요?

최구봉 어렵지! 어려워! 보게, 오늘은 이 군벌이 저 군벌을 치고 내일은 저 군벌이 또 다른 군벌을 치고, 누가 그들을 이렇게 싸우게 하는지 아는가?

왕이발 누구죠? 어떤 바보가?

최구봉 양놈들이지!

왕이발 양놈이라고요? 잘 모르겠는데요!

최구봉 차츰 알게 될 거요. 그때가 오면 우린 모두 망국 백성이 될 테지! 난 혁명도 해 봤소. 엉터리 얘기를 하는 게 아니오!

왕이발 그럼, 방법을 생각해야지요. 힘도 좀 쓰시고요. 모두들 망국 백성이 되지 않도록요.

최구봉 젊을 때는 온 천하에 도가 실현되도록 해야 한다고 믿었어. 정말 그렇게 생각했었지! 지금은 알게 됐어. 중국은 망하지 않으면 안 돼!

왕이발 죽은 말도 산 말로 치고 고쳐 봐야죠!

최구봉 죽은 말도 살았다 치고 고쳐 보라고? 그건 망상이지! 죽은 게 다시 살아날 수 없는 건 물론이고, 산 말도 곧 죽게 생긴걸! 됐소, 난 홍제사(弘濟寺)에 다녀올 테니, 진 선생이 다시 사람을 보내거든, 난 경이나 욀 줄 알지 다른 건 할 줄 모른다고 일러 주시오!

퇴장한다.
송은과 오상이 다시 돌아온다.

왕이발 오셨소? 무슨 소식 좀 없습니까?

송은과 오상이 말없이 문가 자리에 앉아 유마 등을 본다.
유마는 어찌할 바를 모르고 고개를 떨군다.
진씨와 임씨도 어찌할 바를 모르고 서로 쳐다보며 말이 없다.

일 분 정도 침묵이 흐른다.

진씨   형님, 갑시다.

임씨   가지!

송은   잠깐! (일어나 길을 막는다.)

진씨   왜요?

오상   (역시 일어나서) 왜냐고?

넷이 잠시 물끄러미 쳐다보고 있다.

송은   얌전히 따라와!

임씨   어디로?

오상   탈영병이지? 은전 좀 가지고 있다고 북경에서 숨어 버리려는 거지, 그렇지? 돈 있으면 숨어 버리고, 돈 없으면 강도 짓 하고, 그렇지?

진씨   우릴 잡아가겠다고. 나 혼자 너 같은 거 열은 해치울 수 있어. (때리려 한다.)

송은   그래? 안됐군, 총을 팔아 버렸으니. 그렇지? 총이 없으면 총 가진 놈을 당할 도리가 없지, 그렇지? (차고 있는 총을 두드려 본다.) 나 혼자 너 같은 거 열은 당할 수가 있지!

임씨   아, 우리 모두 형제 아니오? 뭘 그러시오? 모두 형젠데!

오상   좋아, 앉아서 얘기하지! 자네들 목숨을 지키겠나,

은전을 지키겠나?

진씨 우린 그 돈 버느라고 죽을 고생 다 했어! 누구든 봉급만 주면 거기 가서 싸웠지. 얼마나 많이 싸웠는지 알기나 해?

송은 탈영병이 어떤 처벌을 받는지 모르는 건 아니겠지?

임씨 얘기해 봅시다. 형제들인데!

오상 말이 통할 것 같은데! 얘기해 보자고!

왕이발 (입구에서) 저기 군인들이 와요!

진씨/임씨 뭐! (놀라 어쩔 줄을 모르고 안으로 뛰어가려 한다.)

송은 가만! 사나이 한마디다. 은전, 우리에게 반 주면, 아무 일 없도록 해 주겠다! 우린 한편이지!

진씨/임씨 좋아! 한편이야!

군인들이 들어온다. 둘이 칼을 받들고 칼에는 붉은 천을 감았다. 등에 총을 멘 자가 앞에 있고, 기를 든 자가 가운데, 검붉은 곤봉을 든 자 넷이 뒤를 따른다. 장교가 제일 뒤에서 들어온다.

오상 (송은·임씨·진씨와 한 줄로 나란히 선다. 모자 속에서 증명서를 꺼내 장교에게 보인다.) 장교님께 보고합니다. 방금 여기서 탈영병 하나를 찾아냈습니다.

장교 저 사람인가? (유마를 가리킨다.)

오상 (유마를 가리키며) 맞습니다!

장교 묶어!

유마   (소리 지른다.) 나리! 아니에요! 내가 아니라고!

장교   묶어! (함께 퇴장한다.)

오상   (송은에게) 뒤에서 학생 두엇 잡아가세.

송은   가지! (함께 재빨리 뒤로 뛰어간다.)

막이 내린다.

3막

시간   항일 전쟁에서 승리한 후, 국민당 첩자들과 미군
　　　　병사들이 북경을 주름잡던 때. 가을날 이른 아침.

장소   전 막과 같다.

인물   왕대전·명 사부·우후재·주수화·추복원·소송
　　　　은[10]·왕소화·위복희·소오상·강순자·방육·상
　　　　대인·정보·차당당·진중의·왕이발·방씨 넷째 마
　　　　님·소심안·찻집 손님 가, 나·춘매·심 처장·소유
　　　　마·양씨·헌병 네 명·전기세 수납원·소이덕·소철
　　　　취·사용인.

---

10) 제3막에서 소송은, 소오상, 소유마, 소이덕, 소철취 등은 각각 부친의 이
름 앞에 작을 '소(小)' 자를 붙인 것이다. 영어의 'junior'와 유사하다.

막이 오른다. 지금 유태찻집의 모습은 전 막에서처럼 훤하지 못하다. 등나무 의자는 이미 보이지 않고, 등받이 없는 작은 걸상으로 바뀌었다. 집은 물론 가구까지 다 낡아 추레하고 칙칙하다. 특별히 눈에 띄는 것이 있다면, 그것은 바로 "나랏일은 이야기하지 맙시다."라는 글씨가 더 많이, 더 크게 붙어 있다는 것이다. 또 그 옆에는 "찻값은 선불입니다."라고 쓴 새 쪽지도 붙어 있다.

이른 아침, 아직 덧문도 올리지 않았다. 왕이발의 아들 왕대전이 혼자서 힘없이 방을 치우고 있다.

왕대전의 아내 주수화가 어린 딸 왕소화를 데리고 뒤쪽에서 나온다. 그들은 걸으면서 이야기를 한다.

왕소화   엄마, 점심때 따끈한 우동 해 줘요! 한참 못 먹었잖아!

주수화   그래, 착하지! 하지만 밀가루를 살 수 있을지 모르겠다! 또 양곡상에 밀가루가 있다 해도 우리한테 그거 살 돈이 있을지도 모르겠고! 참!

왕소화   둘 다 있으면 좋을 텐데! 엄마!

주수화   생각은 잘도 하는구나. 그렇게 쉬워야 말이지! 가거라, 소화야, 길에서 지프차 조심하고!

왕대전   소화야, 잠깐!

왕소화   왜요? 아빠!

왕대전   엊저녁에…….

주수화   내가 벌써 일러두었어요! 그 애도 다 알아요!

왕대전   너 대력 삼촌 일은 절대로 아무에게나 이야기하면 안 된다! 말하면 온 집안이 죽임을 당하게 돼. 알았니?

왕소화 말 안 해요. 때려죽여도 말 안 할 거야! 누가 대력 삼촌이 돌아왔었냐고 물으면, 난 삼촌 떠난 지 몇 년이나 되었고 소식도 전혀 없었다고 할 거야!

강순자가 뒤에서 걸어 들어온다. 허리는 좀 굽었지만 아직 건강하다. 걸어 들어오며 왕소화를 부른다.

강순자 소화야! 소화야! 아직 안 갔니?

왕소화 할머니, 왜요?

강순자 소화야, 이쁜 것! 할머니가 널 한 번 더 보고 싶어서! (왕소화의 머리를 쓰다듬으며) 얼마나 예쁜지! 먹는 게 모자라서 그렇지, 그렇잖으면 더 훤할 텐데!

주수화 아주머니, 가시려고요?

강순자 그래, 가려고. 너희들 쌀 좀 아껴 주련다! 대력인 내가 키웠지. 걔가 가라는데 안 갈 수 있겠니? 처음 내가 여기 왔을 때는 걔가 소화보다도 더 조그맸었는데!

왕소화 대력 삼촌 지금은 얼마나 건장하고 힘이 센데!

강순자 그래, 그 애가 겨우 담배 한 대 태울 동안밖에 안 있었지만, 난 몇 살이나 더 젊어진 것 같다! 난 본래 아무것도 없지만, 그 애를 보자마자, 갑자기 뭐든 다 가진 것 같더라! 내가 가지만, 그 애랑 같이 가니까, 어떤 고생을 하든지, 다 괜찮아! 그 큰 두 손하고 큰 두 발을 보면, 정말 하늘 아래 우뚝 선 사나이라니까!

왕소화 할머니, 나도 같이 갈래요!

강순자 소화야, 착하지? 어서 학교 가야지. 널 보러 올게!

왕대전 소화야, 학교 가야지. 늦을라!

왕소화 할머니, 저 학교 갔다 오거든 가요!

강순자 응, 그래. 어서 가거라. 착하지? (왕소화 퇴장한다.)

왕대전 아주머니, 아버지께서 가라시던가요?

강순자 글쎄 아직 결정을 못 한 것 같더구먼. 난 도리어 걱정이 돼. 대력이가 돌아온 것이 알려지고, 또 나까지 갑자기 떠나 버리면, 혹시나 여기 식구들이 연루될까 봐 말이야! 요즘 그렇잖아도 매일같이 사람들 잡아들이기 바쁜데! 내가 너희들을 곤란하게 하면 안 되지.

주수화 아주머니, 좋으실 대로 하세요. 누구든 빠져나가는 사람이 사는 거죠! 손님들도 늘 소리 죽여 말하곤 하잖아요, 살아남으려면 서산[11]으로 올라가야 한다고요.

왕대전 그래요!

강순자 소화 어멈, 이리 와 봐. 우리 다시 의논해 보자!

---

11) 당시 서산(西山)은 팔로군의 활동 지역이었다.

난 내 생각만 해서 너희들을 곤경에 빠뜨릴 수는 없어! 큰애야, 너도 잘 좀 생각해 봐! (주수화와 함께 퇴장한다.)

정보가 들어온다.

정보 헤이, 주인아저씨, 저 왔어요!

왕대전 누구요?

정보 정보라고 해요! 소유마가 보내서 왔어요. 여기 주인 어르신께서 자기한테 아가씨를 구해 달라고 했다던데요.

왕대전 아가씨, 이런 낡은 찻집에 아가씨를 쓸 수 있겠소? 찻집이 어렵다 보니 우리 어르신이 쓸데없는 생각을 하신 모양이에요!

왕이발이 천천히 걸어 들어온다. 아직 건강해 보이나 옷차림은 형편없다.

왕이발 큰애야, 어쩌자고 나도 없는데 함부로 날 끌어내리냐? 누가 어려워서 쓸데없는 생각을 했다는 거야? 덧문이나 올리렴! 몇 신데 아직 문도 안 열었어?

왕대전은 덧문을 올리러 간다.

정보   주인 어르신, 건강하시지요?

왕이발   응! 자장면이 있다면 세 그릇은 능히 먹을 수 있어. 없어서 그렇지! 열몇인가? 아가씬!

정보   열일곱이에요!

왕이발   겨우 열일곱!

정보   네, 어머닌 과부로, 날 기르며 사셨죠. 전쟁에서 이긴 후, 정부에서 우리 아버지가 남겨 주신 작은 집도 반동의 재산이라고 억지를 써서 몰수해 가 버렸죠! 어머닌 화병으로 세상을 떠나셨고 전 이렇게 접대부로 나왔어요! 주인 어르신, 전 아직도 반동의 재산이 뭔지 알 수가 없어요. 어르신은 아세요?

왕이발   아가씨, 말조심 좀 해야겠군! 잘못 말한 게 있어. 뭐든지 반동의 재산이 될 수 있지! 봐, 여기 뒤는 진 선생님네 창고였는데, 누군가 눈 한번 치켜뜨고 반동의 재산이라고 하니까 그냥 몰수됐지! 그런 거라고!

왕대전이 돌아온다.

정보   어르신, 맞아요! 저까지도 반동의 재산이죠. 누구든 더 힘센 사람 시중을 들어야 하니까! 빌어먹을, 겨우 열일곱인데, 늘 죽는 게 낫다는 생각만 들거든요! 죽으면 그래도 시체는 온전할 테지만,

이런 직업으로야 살아 있는 동안 온몸이 썩어 문드러질 테니!

왕대전 아버지, 정말 아가씨를 두실 거예요?

왕이발 이건 소유마와 이 얘기 저 얘기 하다 나온 거다! 난 평생 개량을 좋아했잖니? 장사가 이렇게 안되는 걸 보니 그만 초조해졌지!

왕대전 아버지께서 초조하시다면 저도 초조해요! 하지만, 우리 유태라는 오랜 이름은 잊어버리셨어요? 육십여 년을 지켜 온 찻집인데, 아가씨를 쓴다고요?

정보 오래된 이름이요? 요샌 오래된 것일수록 값이 없다고요! 못 믿겠어요? 만약 내가 지금 스물여덟이라면, 내 이름이 '어린 정보'가 아니라, '귀여운 정보 아가'라도 아무도 날 거들떠보지도 않을걸요!

손님 가, 나가 등장한다.

왕이발 일찍 나오셨군요! 찻잎을 가져오셨나요? 큰애야, 물 가져오너라! (왕대전이 퇴장한다.) 두 분 죄송합니다만 찻값은 선불입니다!

손님 가 이건 또 금시초문이군!

왕이발 저도 몇십 년 찻집을 해 오지만 역시 처음입니다! 그렇지만 아시다시피 찻잎이나 조개탄 같은 것도 모두 그때그때 값이 있지요. 혹 차를 막 우리고 있는데 찻잎 값이 오를지도 모르니까요! 먼저 찻 값을 받는 게 더 편하지 않겠습니까?

손님 나 차를 안 마시면 더 간단하지! (손님 가와 함께 퇴장 해 버린다.)

왕대전 (끓는 물을 가지고 나온다.) 왜요? 갔어요!

왕이발 똑똑히 봐라!

정보 내가 다가가서 "왔어요? 자기!" 하고 한마디만 했 다면, 그들은 분명 은전 한 닢은 내놓았을 텐데!

왕이발 얘, 큰애야, 넌 돌덩이보다도 완고하구나!

왕대전 (찻주전자를 내려놓고) 좋아요, 난 바람 좀 쐬고 오 겠어요. 여기선 속이 끓어서! (퇴장한다.)

왕이발 속이 끓는다고? 난 아주 답답해 죽을 지경이다!

소유마가 등장한다. 양복을 입고 가죽 가방을 옆에 끼고 있다.

소유마 정보 양 왔어?

정보 당신이 오라는데 안 올 수 있겠어요?

소유마 주인장, 내가 불러온 아가씨 어때요? 인물, 나이, 차림새, 경험, 모두 뛰어나죠!

왕이발 오히려 우리가 감당 못 할까 봐 걱정이오.

소유마 아뇨! 봉급은 필요 없어요! 그렇지, 정보 양?

왕이발 봉급이 필요 없다고?

소유마 영감은 염려 안 해도 돼요. 내 말만 들으시라고요. 우린 우리 방법이 있으니까! 그렇지, 정보 양?

정보   그런 방법을 쓰지 않고서야 어떻게 부도덕한 짓을 할 수 있겠어요!

소유마   부도덕? 말 잘했군! 예전에 우리 아버진 여기서 잡혀갔지. 못 믿겠거든 이 영감에게 물어보라고. 그렇죠, 주인장?

왕이발   내 눈으로 직접 봤지!

소유마   거봐. 정보 양, 내가 지어낸 게 아니라고. 묶여 나가서 곧장 큰길 한가운데서 한칼에 싹둑! 그렇죠, 주인장?

왕이발   정말 그랬다더군.

소유마   거짓말 아니지? 정보 양! 그렇지만 우리 아버진 사실 좀 모자랐어. 평생 그냥 그렇게 형편없이 살았으니. 이제 내 대에 와서 두각을 나타내기 시작했지. 난 반드시 아주 잘해 내야 해. (가죽 가방을 열고 계획서를 꺼낸다.) 이거 봐, 정보 양, 내 계획서야!

정보   난 그럴 시간 없어요! 어머, 집에 돌아가야겠어요. 하루 쉬고 내일부터 일하지요.

왕이발   정보 양, 난 아직 결정을 못 했는데!

소유마   주인장, 생각은 내가 다 해 놨다니까요! 못 믿겠거든 두고 보세요. 내일 아침에 정보 양이 입구에 고개를 갸웃하고 서 있으면, 금방 이백여 개 자리가 다 찰걸! 정보 양, 내 계획 좀 들어 봐. 너하고 관계가 있는 일이란 말이야.

정보 흥! 제발 나하고 관계가 없으면 좋겠네!

소유마 정보, 적극적이 못 되는군! 들어 봐……

전기세 수납원이 들어온다.

전기세 수납원 주인장, 전기세요!

왕이발 전기세? 몇 달 치나 밀렸나?

전기세 수납원 석 달이요!

왕이발 다시 석 달만 더 기다려서 반년을 채우세. 나도 도리가 없으니!

전기세 수납원 그게 말이 되오?

소유마 맞는 말 아닌가? 여긴 심 처장님 관할인데, 심 처장님 아는가? 북경시 지구당 위원이시고, 헌병 사령부 처장님이시네. 그런 분 전기세를 받겠다고? 말해 보셔!

전기세 수납원 어디요? 당연히 받지 말아야죠! 죄송합니다, 잘 몰랐어요! (퇴장한다.)

소유마 봐요, 주인장. 내 말 안 듣고 되겠어요? 그런 광서 시절의 방법은 너무 고리타분하다고!

왕이발 그래, 맞아. 사람은 죽을 때까지 배워야 해! 난 아직 한참 배워야겠어!

소유마 그러게 말이에요!

소철취가 들어온다. 비단 겹옷을 입었고, 새 비단 구두를 신었다.

소유마 아이고, 빌어먹을 녀석, 소철취로군!

소철취 아이고, 빌어먹을 녀석, 소유마로군! 자, 어디 보자! (앞뒤를 훑어보며) 너 이 자식, 양복 입은 게 그럴듯한데! 뒤에서 보니까 양놈보다 더 양놈 같은걸! 주인장, 내가 밤에 하늘을 보니 북극성이 밝아지더라고요. 곧 진짜 천자가 나타날 거예요. 그래서 나하고 소유마하고 또 이…….

소유마 정보 양, 그 이름도 유명한!

소철취 ……이 정보 양과, 모두가 이렇게 재모를 다 갖추고, 문무를 겸비했잖아요? 우린 운을 타고났다니까. 이런 시대에 살게 됐으니, 고기가 물을 만난 거죠! 주인장, 얼굴 좀 바로 해 보세요. 봐 드릴 테니! 좋아요. 인당이 훤하신 걸 보니, 아직 좋은 일이 남아 있는걸! 자, 차 한잔 주시죠!

왕이발 소철취!

소철취 이젠 철취라고 부르지 마세요. 지금은 국사라고요!

소유마 아니 누가 자넬 국사로 봉했단 말이야?

소철취 며칠 지나면 알게 돼.

왕이발 좋아, 국사든 뭐든. 하지만 이건 잊지 마. 자네 아버진 평생 내게서 공짜 차를 마셨지만, 그것까지 대를 물릴 수는 없어!

소철취 주인장, 내가 팔괘 무늬 도복을 떨쳐입게 됐을 때,
지금 한 말 후회할걸요! 두고 보라고요!

소유마 소철취, 조금 있다가 내가 커피 살게. 정보 양에게
도 함께. 그런데 우선 내 얘기 좀 들어 봐. 중요한
일이라고. 어때?

소철취 주인장, 생각해 봐요. 내가 오늘 공짜 차 좀 마시
고, 이담에 현령 벼슬이라도 하나 내려 줄지 모르
잖아요? 좋아, 소유마 얘기해 봐!

소유마 내가 방금도 정보 양에게 말했지만, 아주 굉장한
계획이 있다고!

소철취 어디, 경청해 볼까?

소유마 내가 '트러스트'를 하나 조직하려고 해. 이건 미국
말이라 못 알아듣겠지만, 북경 말로 바꾸면 '몽땅
통거리친다'라는 거지.

소철취 알겠어! 모든 아가씨들을 자네가 책임지고 관리
하겠다는 거지.

소유마 그래, 자네 머리도 나쁘지 않군! 정보 양, 들어 봐.
너하고도 밀접한 관계가 있으니까! 주인장하고도
관계가 있어요!

왕이발 여기 듣고 있네!

소유마 댄서·기생·매춘부·지프걸·접대부 모두를 얽어
큰 '트러스트'를 만드는 거야.

소철취 (눈을 감고 묻는다.) 관 쪽에도 끈이 닿았나?

소유마 물론! 심 처장님이 이사장을 하고 내가 총지배인

이 되는 거지!

소철취　난?

소유마　좋은 이름을 하나 붙여 주면 고문을 시켜 주지!

소철취　거마비는 프랑으론 안 받겠어!

소유마　매달 달러로 주지!

소철취　계속해 봐!

소유마　업무는 매매부·운송부·훈련부·공급부 네 부로 나눠지. 아가씨를 사고파는 일에서부터, 상해에서 천진으로 보내고, 한구에서 중경으로 보내는 일이나, 지프걸을 훈련시킨다든가 접대부를 훈련시키는 일, 그래서, 미군 부대에 보내거나 각급 관리들에게 제공하는 일에 이르기까지, 다 회사가 통일된 조직으로 운영할 거야. 모두가 만족할 수 있게 한다는 거지. 어때?

소철취　굉장한데! 굉장해! 이치상 모든 것을 통제한다는 원칙에도 잘 맞네. 실제로는 우선 미군 병사들의 요구를 만족시켜 주는 게 국가적으로 유익할 거야!

소유마　좋아. 그러니 좋은 이름이나 하나 지어 달라고! 점잖은 것으로. "버들잎 같은 눈썹, 살구씨 같은 눈, 앵두 같은 작은 입"처럼 그럴듯한 걸로!

소철취　음, '트러스트'…… 이건 별로야. 끌어들여서 말 안 들으면 틀어막아? 비틀어 버려? 마치 납치해다 죽이는 것 같잖아. 어감이 좋지 않아!

소유마　응, 별로 좋지 않아! 하지만 미국 말이니 나름 장점이 있잖아!

소철위　그래도 '연합 공사'가 점잖고 듣기도 좋을 것 같은데!

소유마　그럼 무슨 '연합 공사'라 할까?

정보　악덕 회사라고 하면 제일 잘 어울리겠군!

소유마　정보, 중요한 얘기 하고 있는데, 함부로 말하면 안 되지! 잘만 하면 이다음에 넌 아가씨들 훈련시키는 교관도 될 수 있다고!

소철취　이건 어때, '화화(花花) 연합 공사'? 아가씨는 바로 꽃 아닌가? 또 아가씨를 가지려면 돈을 많이 써야지. 꽃에다 돈을 쓰니 '화화'! 게다가 "푸른 것은 산, 초록은 물, 화화 세계로다."란 말이 『무가파』[12]에도 나오잖아! 어때?

소유마　소철취, 고맙군, 고마워. (뜨겁게 악수를 한다.) 내 곧 심 처장님을 뵙고 상의드리지. 처장님만 찬성하면 자네 고문 자리도 따 놓은 거나 마찬가지야! (가방을 챙겨 나가려 한다.)

왕이발　저 아가씨 일은 어쩔 셈인가?

소유마　신경 안 써도 된다고 했잖아요? 우리 '트러스트'에서 다 처리한다고요. 먼저 여기서 시험을 해 보려

---

12)『무가파(武家坡)』는 중국 전통극의 한 레퍼토리로, 주인공 설평귀(薛平貴)가 종군 십팔 년 만에 돌아와 아내 왕보천(王寶釧)과 만나는 이야기다.

는 거예요.

정보　커피 마시러 간다고 하지 않았어요?

소유마　소철취에게 가려는가 물어봐.

소철취　먼저 가게, 난 여기서 기다릴 사람이 있어.

소유마　가지, 정보 양!

정보　내일 뵐게요, 어르신! 안녕, 국사님! (소유마와 함께 퇴장한다.)

소철취　주인장, 신문 좀 봅시다!

왕이발　한참 찾아야 할걸. 이 년 전쯤 것이 몇 장 남아 있을지도 몰라!

소철취　관둬요!

손님 셋이 들어온다. 명 사부, 추복원, 위복희 들이다. 명 사부가 혼자 앉고 추복원과 위복희가 함께 앉는다. 왕이발은 모두 아는 사람들이라 그들에게 고개를 끄덕여 인사한다.

왕이발　형씨들 미안하오. 찻값은 선불이라오!

명 사부　그럼요, 형님!

왕이발　아이! "선불"이라는 말을 하자니, 입이 부끄러워! (얼른 찻물을 붓는다.)

추복원　어쩔 거예요? 주인장, 저녁때 평서(評書) 또 시켜 볼 거예요?

왕이발　시험해 봤는데 안 되겠더라고! 전기만 낭비고 손님도 안 오고!

3막

추복원 그래요! 그저께 회선관(會仙館)에서 평서로 삼협
사의 오패십웅 십삼걸 구로십오소가 봉황산 대파
하는 대목, 백조가 봉황 조배하는 대목, 봉황에게
곤장 치는 대목[13])을 했는데, 몇 자리나 찼을 것
같아요?

왕이발 얼마나 왔던가? 그건 지금 당신밖에 할 줄 아는
사람이 없잖소!

추복원 잘 아시는군요! 그런데 겨우 다섯 사람 왔더라고.
그중 둘은 초대 손님이고!

위복희 선배님, 그래도 저보다는 나으십니다! 전 달포 이
상 놀았는걸요!

추복원 누가 너더러 하던 거 내버리고 경극을 하라더냐?

위복희 전 소리도 좋지만, 얼굴도 안 빠지잖아요?

추복원 그렇다고 무대에 올라가 열심히 하는 것도 아니
고!

위복희 빌어먹을! 공연 한 번 해 봤자 겨우 거친 빵 세 개
살 돈도 안 되는데, 뭐 하러 힘을 써요? 미쳤어요?

추복원 음! 복희야. 우린 유행가들하고 「베를 짜요」[14]) 같

---

13) "삼협사의(三俠四義) 오패십웅 십삼걸(五覇十雄 十三傑) 구로십오소
(九老十五少)가 봉황산 대파하는 대목, 백조가 봉황 조배하는 대목, 봉황
에게 곤장 치는 대목"은 평서로 설창하던 『삼협검(三俠劍)』의 중요 대목으
로, 1930, 40년대에 크게 유행했던 레퍼토리다.
14) 「베를 짜요(紡棉花)」는 원래 산서, 섬서 지역의 민요로 널리 사랑받았는
데, 1940년대에 사라이(沙萊)가 작곡하고, 뤄원(駱文)이 대본을 쓴 새 작품
이 크게 유행했다.

은 새 작품에 완전히 밀려났어! 내 생각엔, 우리
가 죽고 사는 건 둘째 문제야. 제일 마음 아픈 건
우리 이 예술이 몇 년만 더 지나면 모두 사라져
버릴 것 같다는 거지! 우리 선생님들께 얼굴을 들
수가 없어! 격언에 바르지 못한 게 바른 것을 이
길 수 없단 말이 있잖아! 그런데 요즈음은 바르
지 못한 때인가 봐. 바른 것들은 모두 뿌리째 썩
고 있으니, 어찌 된 영문인지!

왕이발　　허 참! (몸을 돌려 명 사부에게 이르러) 명 사부, 한
참 못 뵈었소!

명 사부　　나올 수가 있어야죠? 감옥에 식사를 대고 있었거
든!

왕이발　　아니! 일이백 식탁 규모 만한전석(滿漢全席)[15] 요
리를 혼자 해내던 당신이 감옥에 옥수수빵을 쪄
댔다구요?

명 사부　　별수 있겠소, 요즘은 감옥에 사람이 많으니! 만한
전석이라고? 내 요리 도구까지 다 팔아먹었는걸!

방육이 그림 몇 장을 들고 들어온다.

명 사부　　여기요! 방육. 내 요리 도구들은 어찌 됐소? 돈이

---

15) 주로 청대 궁중에서 황가의 생일이나 결혼식 등의 행사 때 만주풍 요리
와 한족풍 요리를 함께 맛보도록 꾸민 최고급 호화 연회석.

필요하다고!

방육 명 사부, 그림 한 장 고르시오!

명 사부 나더러 그림은 뭘 하라고?

방육 이 그림 아주 좋아요! 육대산인(六大山人) 동약매 (董弱梅)[16]가 그린 거요!

명 사부 아무리 잘 그렸어도 밥으로 먹을 수야 없잖은가!

방육 그가 이 그림을 내게 줄 땐 그냥 눈물이 뚝뚝 떨 어지더라고요!

명 사부 나도 내 도구들을 자네한테 내줄 때, 눈물이 줄 줄 흘렀다네!

방육 누가 눈물을 흘리고 누가 고깃덩어리를 먹는지 난 다 알지요! 그렇지 않다면 왜 신경을 쓰겠어 요? 내 비록 북 쳐서 먹고살았지만, 당신이라도 북이나 두들겨서 먹고살 수 있겠어요?

명 사부 방육, 사람이면 그래도 양심은 있어야지. 이 오랜 친구를 골탕 먹일 셈인가?

방육 전부 해서 겨우 요리 도구 두 벌 아닙니까? 아무 것도 아니지. 다시 얘기도 꺼내지 마세요. 자꾸 얘기하면 우리 사이에 도리어 곤란하다고요!

차당당이 은전 두 닢을 맞두드리며 들어온다.

---

16) 누구인지 잘 알 수 없다. 유명 화가인 팔대산인(八大山人) 주탑(朱耷) 으로부터 연상 효과를 기대한 작명인 듯하다.

차당당 누구 이 은전 두 닢 사실 분 계세요? 국사님, 좀
사 주시죠? (소철취는 대꾸하지 않는다.)

왕이발 차당당! 딴 데로 가 보게. 난 이제 은전이 어떻게
생겼는지도 잊어버렸어!

차당당 그거야, 자, 자세히 보세요, 어르신! 그냥 보여 드
리죠, 표 안 사도! (탁자 위에다 돈을 떨어뜨려 놓
는다.)

방씨 넷째 마님이 춘매를 데리고 들어온다. 방씨 넷째 마님 손에
는 손가락마다 각종 반지가 가득 끼워져 있다. 마치 웬 요물처럼 치
장을 하고 있다. 잡화를 파는 양씨도 따라 들어온다.

소철취 마마!

방육/차당당 마마!

방씨 넷째 마님 국사!

소철취 대령했습니다! (방씨 넷째 마님을 앉게 하고 차를 따
른다.)

방씨 넷째 마님 (차당당이 나가려는 걸 보고) 차당당, 잠깐!

차당당 네!

양씨 (물건 상자를 열어 보이며) 마마, 보십시오!

방씨 넷째 마님 그 노래 좀 해 보게. 재미있던데!

양씨 네! 미제 바늘·미제 실·미제 치약·미제 아스피
린. 그리고 입술 연지·미용 크림·유리 스타킹·가
는 털실. 통은 작아도 물건은 다 있죠. 원자탄만

빼고요!

방씨 넷째 마님 하하하! (스타킹 두 켤레를 골라) 춘매야, 받아라! 차당당, 양씨에게 계산 좀 해 주게!

차당당 마마, 그러지 마십쇼!

방씨 넷째 마님 내게 빌려 간 돈이 이자에 이자가 붙어 지금 얼마 나 되는지 알아? 국사, 장부 좀 찾아보게!

소철취 네! (작은 공책을 꺼낸다.)

차당당 국사님, 번거롭게 찾을 것 없어요. 제가 양씨에게 계산해 주죠.

양씨 마마, 좀 봐주세요! 그가 내게 돈을 줄 리가 있겠 어요?

방씨 넷째 마님 양씨, 그가 애먹이진 않을 거야. 내가 있으니까!

양씨 네! (사람들을 향해) 또 누구 사 주실 분 안 계십 니까? (또 노래를 하려 한다.) 미제 바늘…….

방씨 넷째 마님 충분히 들었으니, 가게!

양씨 네! 미제 바늘·미제 실, 안 가면 미친놈이지! 가 세, 차당당!

차당당과 함께 퇴장한다.

방육 (다가와서) 마마, 제가 경태(景泰) 특산 남색 칠보 입힌 도자기 하나를 얻었는데, 물건도 옛것이고, 진짜인 데다 값도 싸요. 단에서 쓰면 아주 빛이 날 것 같은데, 보시겠어요?

90

방씨 넷째 마님	황제께 보여 드리게!
방육	네! 황제께서 곧 등극하실 거죠? 먼저 축하드립지요! 그리고 그건 곧 단상에 가져다 놓겠습니다! 마마께서 잘 말씀해 주십시오, 제가 꼭 성의는 표할 테니! (밖으로 나간다.)
명 사부	방육, 내 일은 어쩌고?
방육	그 그림들 좀 보고 계세요! (퇴장한다.)
명 사부	기다리게! 내 요리 도구 두 벌은 어쩌라고. 또 칼도 한 자루 있단 말일세! (따라서 퇴장한다.)
방씨 넷째 마님	주인장, 강씨 아주머니 여기 계시지요? 좀 나오시라고 해요!
소철취	제가 가 보죠! (뒤쪽 문으로 가서) 강씨 할머니, 좀 나와 보세요!
왕이발	무슨 일이오?
소철취	조정 대사지!

강순자가 등장한다.

강순자	무슨 일이오?
방씨 넷째 마님	(나아가 맞으며) 숙모님! 전 넷째 조카며느리예요. 모셔 가려고 왔어요, 어서 앉으세요! (강순자를 끌어다 앉힌다.)
강순자	넷째 조카며느리라고?
방씨 넷째 마님	그래요. 숙모님이 방씨 댁을 떠나실 때 전 아직

시집오기 전이었어요.

강순자　　난 방씨 집과는 아무 상관도 없어. 날 찾아 어쩌려고?

방씨 넷째 마님　　넷째 조카 해순(海順)이 삼황도(三皇道) 대교주이자 국민당 당원이고, 또 심 처장과는 의형제거든요. 곧 황제가 될 거예요. 기쁘지 않으세요?

강순자　　황제가 되려 한다고?

방씨 넷째 마님　　네! 곤룡포도 벌써 다 지어 놓았고, 곧 서산에서 등극하려 해요!

강순자　　서산에서?

소철취　　할머니, 서산 일대엔 팔로군이 있잖아요. 거기서 등극하셔서 팔로군을 소탕해 버리면, 남경 쪽에서도 좋아하지 않겠어요?

방씨 넷째 마님　　우리 영감은 다 좋은데, 요즈음 주색을 탐해서 말이에요. 벌써 작은마누라를 몇이나 얻었어요!

소철취　　마마, 삼궁(三宮) 육원(六院)에 칠십이 비빈은 책에도 다 써 있는 것인뎁쇼!

방씨 넷째 마님　　자네가 내 처지가 되어 보지 않았으니, 내 억울함을 어찌 알겠나! 그래서 숙모님, 제가 이런 생각을 했어요. 만약 저와 마음이 통한다면, 저는 숙모님을 태후 마마로 모시고, 우리 둘이 함께 황제를 관리하면, 나도 좀 수월하지 않겠어요? 나와 함께 가서, 잘 먹고 잘 입고 주머니엔 늘 댕댕 울리는 은전도 몇 닢씩 지니고, 얼마나 좋아요?

강순자　같이 가지 않겠다면?

방씨 넷째 마님　어? 가지 않겠다고? (표정을 바꾸려 한다.)

소철취　좀 생각할 시간을 주시죠?

강순자　생각할 것도 없어. 난 다시는 방씨 집 사람들과
어울리지 않을 테니까! 넷째 아이야, 넌 너 좋은
대로 마마를 하고 난 나대로 고생바가지 늙은이
를 하자. 서로 간섭할 필요가 없지! 방금 내게 눈
을 부라리려 했니? 내가 널 겁낼 줄 알고? 나도
이렇게 밖에서 오래 굴러먹다 보니 닳고 닳았어.
누가 눈 부라리면 난 손 뻗어서 때려 줄 거니까!
(일어나서 뒤쪽으로 나간다.)

소철취　할머니! 할머니!

강순자　(멈춰 서서, 몸을 돌려 소철취에게) 너, 젊은 놈이 허
리 펴고 가서 깨끗한 밥 벌어먹으면 안 되겠니?
(퇴장한다.)

방씨 넷째 마님　(왕이발에게 화풀이를 한다.) 주인장, 이리 와 봐! 가
서 저 늙은이한테 얘길 해 봐. 설득을 하면 밀가
루 한 부대를 줄 것이고, 못 하면 이 찻집을 부숴
버릴 테니! 국사, 가자!

소철취　주인장, 내 저녁때 다시 와서 대답을 들을 거예
요!

왕이발　내가 만일 오후에 죽어 버린다면?

방씨 넷째 마님　퉤! 아직 죽을 때가 안 된 줄 알고? (소철취, 춘매
와 함께 퇴장한다.)

3막

왕이발 흥!

추복원 아우, 이건 또 무슨 연극이지? 허허허!

위복희 저도 경극 이백여 바탕을 할 줄 알지만, 이것만은 모르겠는데요! 그 여자 출신이 어떤지 아세요?

추복원 모를 리가 있나? 동패천(東覇天)¹⁷⁾의 딸이지. 시집도 가기 전에 벌써 애를……. 그래, 다 말할 필요 있겠나. 이 미친놈들이 다시 세도를 얻었나 본데, 오래가진 못할 거야.

왕대전이 돌아온다.

왕이발 큰애야, 여기 좀 보고 있거라. 내 뒤에 가서 의논할 게 좀 있다. (퇴장한다.)

소이덕 (밖에서 크게 소리친다.) 비켜, 비켜! (들어온다.) 대전 형, 좋은 차로 우려 줘요. 나 돈 있거든! (은전 네 닢을 꺼내 하나씩 하나씩 내려놓는다.) 봐요, 방금 한 닢 쓰고 아직 네 닢이 남았군. 다섯 푼에 하나씩이니까 내가 모두 몇을 때려 줬지?

왕대전 열.

소이덕 (손가락으로 세며) 맞아! 그저께 넷, 어제 여섯. 그러니 열이네! 대전 형, 두 닢만 받아요! 돈 없을

---

17) 청나라 말 강호의 세력가. 강호에서 남패천(南覇天)으로 불리던 황삼태(黃三泰)와 함께 하조웅(賀兆雄), 무만년(武萬年), 복대용(濮大勇)이 사패천(四覇天)으로 불렸다.

땐 공짜 차도 마시지만, 돈이 생기면 내야지! 받아요! (한 닢을 불어서 귓가에 대고 소리를 듣는다.) 이게 좋군. 이 한 닢을 두 닢으로 생각하고, 자!

왕대전 (돈은 받지 않고) 소이덕, 무슨 일이 그리 잘되지? 은전 보기가 쉽지 않은데!

소이덕 공부하러 갔지!

왕대전 낫 놓고 기역 자도 모르는 녀석이 무슨 공부를 해?

소이덕 (탁자 위의 찻주전자를 들어서는 입을 대고 한 모금 마신 후, 조그만 소리로 말한다.) 시당 지부에서 파견한 거야, 법정 대학에. 이렇게 멋진 임무는 처음이야. 너무 멋져. 정말 신났어! 천교에서 일하는 것보다 훨씬 좋았어. 학생 하나 때려 주는데 은전 다섯 푼! 어제 몇이나 걸렸지?

왕대전 여섯.

소이덕 맞아! 그중엔 여학생도 둘 있었거든! 한 대씩 한 대씩 때려 내려가는데, 너무 신나! 대전 형, 좀 만져 봐! (팔뚝을 내민다.) 철근 콘크리트라고! 이걸로 남녀 학생을 패는데, 얼마나 신나던지?

왕대전 걔들은 그렇게 어리숙한가, 가만히 얻어맞고 있게?

소이덕 어리숙한 것들만 골라서 때리니까! 내가 바보인 줄 알아?

왕대전 소이덕, 내 말 들어 봐. 사람을 패는 건 옳지 않아!

소이덕 꼭 그렇지도 않지! 당론을 가르치는 그 교관은 수업하기 전에 권총으로 책상을 두드려 대는걸. 난 주먹을 좀 휘둘렀을 뿐, 총까지 쓰진 않는다고!

왕대전 그게 무슨 교관이야, 깡패지!

소이덕 맞아, 깡패! 아냐, 그럼 나도 깡패게! 대전 형, 어째 말을 돌려서 날 욕하는 거지? 대전 형, 뼈대가 있는데! 내 철근 콘크리트 팔뚝도 무서워하지 않으니!

왕대전 네가 날 때려죽인다 해도 아닌 건 아닌 거지, 안 그래?

소이덕 어이쿠! 이렇게 돌려 말하는 건 어디서 생각해 냈지? 대전 형, 가서 당론을 가르치면 되겠는데. 말재주가 있어! 좋아, 어쨌든 오늘 더는 학생을 패지 않을 거니까!

왕대전 오늘 하루만 안 때리면 뭘 해? 영영 때리지 말아야지!

소이덕 아니, 난 오늘 다른 임무가 있거든.

왕대전 무슨 임무?

소이덕 오늘은 교사들을 패래!

왕대전 교사들은 또 왜? 학생 패는 것도 잘못된 건데, 게다가 교사까지 팬다고?

소이덕 위에서 시키는 대로 하는 거지! 교사들이 파업을 하려 한다나! 파업은 불성실한 거고, 불성실한 놈은 잡아 족쳐야지! 그래서 나더러 여기서 기다리다가 교사가 오면 패라고 한 거지!

추복원 (위험한 낌새를 느끼고) 아우, 가세!

위복희 가요! (추복원과 퇴장한다.)

소이덕 대전 형, 이 돈 받아요!

왕대전 여학생 때린 돈은 필요 없어!

소이덕 (다른 한 닢을 주며) 바꾸지. 이건 남학생 때린 거야, 됐지? (왕대전이 여전히 고개를 젓는 걸 보고) 이렇게 하지. 나 대신 좀 봐주면, 내 나가서 맛있는 거 좀 사다 줄 게요. 사는 게 다 먹고 마시고 늙고 이 세 가지를 하기 위한 거 아니우? (은전을 챙겨 나간다.)

강순자가 조그만 보따리를 들고 나온다. 왕이발과 주수화가 따라 나온다.

강순자 주인어른, 생각이 바뀌어서 나더러 가지 말라고 하면 안 갈 수도 있어요!

왕이발 난…….

주수화 방씨 넷째 마님도 꼭 이 찻집을 부숴 버리려는 건 아닐 거예요!

왕이발 어찌 알겠냐? 삼황도라는 게 그리 만만한 줄 아니?

강순자 내가 제일 마음을 못 놓겠는 게 대력이 일이에요!

이 얘기가 새 나가면 모두 끝장이지! 그건 찻집을 부수는 정도가 아닐 테니, 굉장할걸.

왕대전 아주머니, 가세요! 제가 바래다 드릴게요! 아버지, 제가 바래다 드리고 와도 되죠?

왕이발 음…….

주수화 아주머니께서 여기서 얼마나 오래 수고하시고 우릴 많이 도와주셨는데, 마땅히 바래다 드려야 하지 않겠어요?

왕이발 내가 언제 바래다 드리지 말라더냐? 바래다 드리렴! 바래다 드려!

왕대전 그럼 잠깐만요, 저도 옷 좀 가져올게요. (퇴장한다.)

주수화 아버님, 왜 그러세요?

왕이발 나한테 자꾸 묻지 마라. 머리가 복잡하구나! 평생 이렇게 복잡한 건 처음이다! 얘야, 네가 먼저 아주머니 모시고 가거라. 아비 보고 쫓아가라고 할 테니! 아주머니, 밖에서 안 되겠거든 다시 돌아오세요!

주수화 아주머니, 여긴 언제까지나 아주머니 집이에요!

왕이발 누가 알겠냐, 혹…….

강순자 나도 모두들 잊지 못할 거예요! 주인어른, 건강하세요! (주수화와 퇴장한다.)

왕이발 (두어 걸음 나갔다 멈춰 선다.) 건강하면 뭘 해?

사용인과 우후재가 들어 온다.

사용인　(벽에 쓰인 걸 보고 먼저 찻값을 탁자 위에 내놓는다.) 어르신, 차 좀 주세요. (앉는다.)

왕이발　(먼저 돈을 집으며) 네.

우후재　용인, 아마 우리가 찻집에 앉아 보는 것도 마지막 이겠지?

사용인　전 이제부터 늘 올지도 몰라요. 직업을 바꿀 거니 까요. 삼륜차를 끌려고요!

우후재　삼륜차 끄는 게 소학교 교사보단 낫겠네!

사용인　전 체육을 가르쳤지만, 저도 배가 고프고 애들도 배가 고픈데 운동을 해야 하다니, 웃기는 얘기 아 닌가요?

왕소화가 뛰어 들어온다.

왕이발　소화, 웬일로 이렇게 빨리 돌아왔니?

왕소화　선생님들이 파업을 하셨대요! (우후재와 사용인을 보고) 우 선생님, 사 선생님! 학교 안 가세요? 저 희 안 가르치세요? 가르쳐 주세요! 선생님들이 안 보여서 학생들이 모두 울었어요! 저희가 회의 해서 의논도 다 했어요. 이제부턴 규율도 잘 지키 고 선생님들 화나시지 않게 하기로요!

우후재　소화! 선생님들도 너희들이 공부 못 하는 거 원치 않아요. 그렇지만 밥도 못 먹는데 어떻게 공부를 가르치겠니? 우리 집에도 애들이 있단다. 다른 아이들을 가르치자고 자기 아이는 굶기다니, 불공평하지 않니? 착하지? 조급해하지 말고 기다려라. 조급해하지 말고 기다려 주렴. 차만 마시고 회의하러 갈 거란다. 무슨 방법이 나오겠지!

사용인　집에서 잘 복습해 두렴. 함부로 뛰어다니지 말고, 소화야!

왕대전이 뒤에서 작은 보따리를 들고 나온다.

왕소화　아빠, 우리 선생님들이세요!

왕대전　선생님들? 빨리 가세요! 그들이 주먹을 풀어 놨어요!

왕이발　누군데?

왕대전　소이덕! 막 나갔는데 금방 돌아올 거예요!

왕이발　선생님들, 찻값은 돌려 드릴게요. (돈을 건네주며) 빨리, 빨리요!

왕대전　따라오세요!

소이덕이 등장한다.

소이덕　길거리에선 데모 때문에 아무것도 살 수가 없어! 대전 형, 어디 가우? 이 둘은 누구지?

왕대전   차 마시는 손님이지! (우후재·사용인과 함께 밖으로 나간다.)

소이덕   멈춰! (세 사람은 그냥 간다.) 아니? 말 안 들어? 먼저 패고 보자!

왕이발   소이덕!

소이덕   (이미 주먹이 나갔다.) 맛 좀 봐라!

사용인   (위로는 입을 후려치고, 아래로는 발을 걸어찬다.) 이거 맛 좀 봐라!

소이덕   아야! (고꾸라진다.)

왕소화   싸다! 싸!

사용인   일어나, 다시 때려 봐!

소이덕   (일어나서, 얼굴을 감싸고) 헉! 헉! (뒤로 빠지며) 헉!

왕대전   빨리 가요! (둘을 끌고 퇴장한다.)

소이덕   (화풀이를 한다.) 주인장, 두고 보라고. 그들을 그냥 보냈으니, 잠시 후에 당신과 셈을 해야겠어! 저자들 못 팼다고 당신 같은 늙은이도 못 패 줄까 봐? (퇴장한다.)

왕소화   할아버지, 할아버지! 소이덕이 선생님을 쫓아갔나 봐요! 어쩌면 좋아요?

왕이발   못 갈 거다! 이런 치들은 내가 많이 봤지. 모두 약한 자에겐 으르렁거리고, 강하면 겁을 먹지!

왕소화   돌아와서 할아버질 때리면 어떻게 해요?

왕이발   나? 할아버진 좋은 말로 구슬릴 줄 알거든.

왕소화   아빠는 뭘 하러 가셨어요?

왕이발 잠깐 다녀올 거다. 상관할 거 없다. 뒤에 가서 공부나 하렴. 착하지!

왕소화 선생님들이 일을 당하지 않아야 할 텐데, 정말 걱정이다! (퇴장한다.)

정보가 뛰어 들어온다.

정보 어르신, 어르신, 알려 드릴 일이 있어요!

왕이발 말해 봐, 아가씨!

정보 소유마가요, 나쁜 마음을 먹고 이 찻집을 차지하려 해요!

왕이발 어떻게 차지해? 이런 낡은 찻집도 그들에게 차지할 가치가 있는 모양이지?

정보 잠시 후에 그들이 올 거예요. 자세한 얘기 할 틈이 없어요. 알아서 하세요!

왕이발 고맙소, 아가씨.

정보 난 좋은 뜻으로 일러 드리는 거니, 날 팔아넘기면 안 돼요!

왕이발 아가씨, 내가 아직 망령이 나진 않았으니 안심해!

정보 네, 잠시 후에 봬요! (퇴장한다.)

주수화가 돌아온다.

주수화 아버님, 그들은 떠났어요.

왕이발	그래!
주수화	아비가 염려하시지 말래요. 거기까지 바래다주기만 하고 돌아온대요.
왕이발	돌아오든 말든 맘대로 하라 해!
주수화	아버님, 무슨 일이에요? 왜 그렇게 기분이 안 좋으세요?
왕이발	아니다, 아무 일도! 소화나 봐 주렴. 따끈한 우동 먹고 싶다지 않던? 밀가루가 남아 있으면, 한 그릇 해 주려무나. 걔도 불쌍하구나, 아무것도 못 먹고!
주수화	밀가루라곤 하나도 없어요! 가 보고 잡곡으로 수제비나 해 줘야겠어요! (퇴장한다.)

소철취가 돌아온다.

소철취	주인장, 설득을 해 보셨나요?
왕이발	저녁때, 저녁땐 꼭 대답을 해 주지!
소철취	주인장, 늘 우리 아버지가 평생 공짜 차를 마셨다고 하셨는데, 어르신 목숨 구할 말 몇 마디 해 드리죠. 우리 아버지 대신 빚 갚는 셈 치고. 삼황도는 지금 일본 사람들 있을 때보다 더 세요. 이 찻집 하나 부숴 버리는 거야 냄비 하나 우그러뜨리는 것보다 간단하다고요!
왕이발	알지! 날 설득해야 가서 마마께 공을 내세울 테

니! 그렇지?

소송은과 소오상이 들어온다. 모두 새 양복을 입었다.

소철취 오늘 상당히 바쁜가 보죠?

소송은 응, 정신이 없네! 교사들이 폭동을 일으켰어!

왕이발 파업이 이제 이름을 바꿔 폭동이 됐소?

소철취 어찌 된 거죠?

소오상 그래 봤자 어디까지 가겠나? 지금까지 벌써 백 명 넘게 잡아들였고, 칠십여 명을 두들겨 패 줬어. 어디 계속해 보라지!

소송은 너무 뭘 모른다니까! 얌전히 있으면 미국서 쌀이랑 밀가루랑 다 보내올 텐데!

소철취 그러게 말이야! 두 분 쌀이랑 밀가루랑 나오면 날 잊지 마슈! 이담에 묏자리 볼 땐 내가 정성을 다 할 테니까! 자, 일 보세요! (퇴장한다.)

소오상 방금 '파업'을 '폭동'으로 부르게 됐다고 했던가? 주인장!

왕이발 나이가 들어 그런 일들을 잘 몰라서 물었죠!

소송은 흥! 당신도 그들과 한패지!

왕이발 내가? 너무 비행기 태우지 마시오!

소오상 우린 바빠. 당신하고 말씨름할 시간 없다고. 시원히 말해 봐!

왕이발 뭘 시원하게 하라고?

104

소송은	교사들 폭동에는 분명 주동자가 있을 텐데!
왕이발	누구?
소오상	엊저녁에 누가 여길 왔었지?
왕이발	강대력!
소송은	그래 바로 그놈! 그놈 내놔!
왕이발	내가 그 녀석이 어떤 인물인지 안다면 이렇게 쉽게 그 이름을 대겠나? 내가 자네들 부친과 그렇게 오래 사귀었는데, 그것도 모를까 봐서?
소오상	쓸데없는 수작 하지 말고, 아는 대로 말해!
왕이발	사람을 내놓든지, 돈을 내놓든지, 그렇지?
소송은	정말 우리 부친이 잘 가르쳐 놓았군! 그래, 사람을 못 내놓겠거든, 황금을 내놔야지! 다른 찻집들은 다 여는 대로 문을 닫았는데, 당신은 이렇게 오래 버텼으니, 분명 뭔가 가진 게 있을 테지!

소이덕이 급하게 뛰어 들어온다.

소이덕	빨리 갑시다! 거리에 이쪽 손이 모자라! 빨리!
소송은	이 자식이 누구한테 이래라저래라야?
소이덕	그럴 시간이 없어, 얼굴 부은 거 좀 봐!
소송은	주인장, 곧 올 테니 생각해 보시오!
왕이발	달아나면 어쩌려고?
소오상	늙은이가 정말 성미 돋우는군! 저승에 가 있어도 다시 잡아올걸! (왕이발의 뺨을 한 대 갈기고는, 소

송은·소이덕과 함께 퇴장한다.)

왕이발   (뒤에다 대고 부른다.) 소화! 소화 어미야!

주수화   (왕소화와 함께 뛰어나오며) 모두 들었어요! 어쩌
       죠?

왕이발   어서 떠나거라! 강씨 아주머니 쫓아가거라! 어서!

왕소화   책가방 가져올게요! (퇴장한다.)

주수화   옷도 두어 벌 가져오너라, 소화! 아버님만 남겨 놓
       고 어떻게?

왕이발   이건 내 찻집이야. 난 여기서 살았고 여기서 죽을
       거다!

왕소화가 책가방을 옆에 끼고 옷가지를 가지고 뛰어나온다.

주수화   아버님!

왕소화   할아버지!

왕이발   슬퍼할 것 없다. 가거라! (품에서 가진 돈 전부와 옛
       사진 한 장을 꺼내) 어미야, 이 돈 받아라! 소화야,
       이거 가져가렴. 삼십 년 전 옛날 우리 유태찻집
       모습이다. 아빠한테 전하렴! 가거라!

소유마가 정보와 함께 돌아온다.

소유마   소화구나. 선생님들이 파업해서 외갓집에 가니?

왕소화   네!

왕이발　(꾸며서) 어미야, 빨리 돌아오너라!

주수화　아버님, 이틀만 지내고 올게요! (왕소화와 함께 퇴
　　　　장한다.)

소유마　주인장, 좋은 소식이오! 심 처장님께서 내 계획에
　　　　동의하셨소!

왕이발　축하하오, 축하해!

소유마　당신도 축하받아야죠. 처장님께서 이 찻집을 수
　　　　리하는 데도 동의하셨거든! 내가 말만 하면 다
　　　　좋다시니까! 특히 그 "좋아." 하는 소리는 항상 미
　　　　국 말 하듯 "좋아." 하는 게 양냄새가 물씬 나지!

왕이발　그게 다 어떻게 되어 가는 일이오?

소유마　이제 당신은 신경 안 써도 된다는 거지! 여긴 모
　　　　두 내가 알아서 관장하기로 했으니까, 당신은 나
　　　　가야겠지! 나중에 골치 썩이지 않도록 내 미리 알
　　　　려 주는 거요!

왕이발　그럴 리가! 마침 나도 이사를 나가려던 참이오.

정보　　소유마, 이 주인 어르신이 여기 산 지가 얼마나 오
　　　　래됐는데, 조금도 사정을 안 봐준단 말이에요?

소유마　생각해 봅시다! 난 언제나 너그러우니까! 주인장,
　　　　난 처장님 맞으러 가야 해요. 이곳을 보여 드려야
　　　　하니까. 잘 좀 정리를 해 주시오! 정보, 넌 소심안
　　　　을 찾아다가 처장님을 맞도록 해! 향수 좀 뿌리
　　　　고. 넉넉히 뿌려. 여긴 온통 퀴퀴해서! 가지! (정보
　　　　와 퇴장한다.)

왕이발　그래, 좋아! 잘됐어! 하하하!

　상 대인이 작은 광주리를 들고 들어온다. 광주리엔 지전과 땅콩이 들어 있다. 나이는 칠십이 넘었지만, 아직 허리는 그다지 굽지 않았다.

상 대인　무슨 일이 그리 잘됐다는 거요, 친구!

왕이발　아이고! 상 대인! 마침 당신이라도 찾아 얘기나 좀 하려던 참인데! 내 최고급 차를 우릴 테니 함께 드십시다! (차를 우린다.)

　진중의가 들어온다. 그는 늙어서 영 볼품없어졌고, 옷도 남루하여 형편없다.

진중의　왕씨 계시오?

상 대인　있습니다! 당신은······.

진중의　나 진가요!

상 대인　진 대인!

왕이발　(차를 받쳐 들고 온다.) 누구요? 진 대인? 그렇잖아 도 가서 알리려던 참인데, 여긴 대개량을 한답니 다! 앉으세요! 앉으세요!

상 대인　여기 땅콩이 좀 있소. (집어낸다.) 차 마시며 땅콩 먹는 것도 큰 즐거움이지!

진중의　씹을 수가 있어야지.

왕이발　이 얼마나 불공평한 일이오? 땅콩 보기도 쉽지 않은데, 있으니 또 전혀 씹을 수가 없고! 우습군! 어떠십니까? 진 대인! (모두 앉는다.)

진중의 다른 이들은 모두 날 쳐다보지도 않으니, 자네하고 얘기나 하려고 왔지. 천진에 다녀왔어, 내 공장 보러!

왕이발 몰수되지 않았나요? 다시 돌려준답니까? 축하할 일이군요!

진중의 부숴 버렸어!

상 대인/왕이발 부숴 버렸다구요?

진중의 부숴 버렸어! 내가 사십 년간 심혈을 기울인 건데, 부숴 버렸어! 다른 사람은 몰라도 왕씨는 알 거요. 내가 스무남은 살부터, 산업으로 나라를 구해야 한다고 주장했었지. 지금은…… 내 공장을 뺏어 가더니. 그것도 좋아, 내가 힘이 없어서 당할 수가 없었으니까! 하지만 잘 돌려 나가야지. 그건 나라를 키우는 산업인데 말이야! 결국 부숴서 기계까지 고철로 팔아 버렸어! 온 세계, 온 세계를 다 뒤져도 이런 정부가 또 있을까 싶단 말이야.

왕이발 그때, 하숙을 잘하고 있었는데 창고를 짓지 않으면 안 되겠다 했죠. 결국 창고는 차압을 당하고 물건은 모두 빼앗겼죠! 처음부터 내가 재산을 다 내놓진 말라고 충고를 드렸건만, 대인은 그걸 다 끌어다 공장을 세우지 않으면 안 된다고 했죠!

상 대인 기억납니까? 그때 내가 계집아이를 팔겠다는 아낙에게 국수 한 그릇을 먹게 해 줬더니, 당신은 섭섭한 말씀까지 했지요.

진중의 나도 이젠 알았소! 왕씨, 한 가지 부탁이 있소. (기계 부품 한두 개와 만년필 한 자루를 꺼낸다.) 밀어 버린 공장 자리에서 주워 온 것들이오. 이 만년필엔 내 이름이 새겨져 있소. 이건 알 거요. 내가 절 가지고 얼마나 많은 수표에 사인을 했고, 얼마나 많은 계획서를 썼는지 말이오. 이걸 당신한테 맡길 테니, 별일 없을 때 차 마시는 이들과 우스갯거리 삼아 얘기나 하시오. 이렇게요. 전에 아무것도 모르는 진 모라는 사람이 산업을 일으킨다고 설쳤소. 몇십 년을 뛰고 나서 마지막에 그는 공장 흙더미 속에서 겨우 이것들을 주워 돌아왔다지요! 그리고 경고도 해 주시오. 돈이 있으면 먹고 마시고 도박에 기생질, 멋대로 나쁜 짓이나 할 일이지, 절대 좋은 일은 하지 말라고! 진 모는 일흔이 넘어서야 비로소 그걸 깨달았으니, 타고난 바보였다고 말이오!

왕이발 가지고 계세요. 난 곧 이사 가요!

상 대인 어디로?

왕이발 어딘들 마찬가지 아니겠어요? 진 대인, 상 대인, 난 두 분과는 달라요. 진 대인이야 재산도 있고 이룬 바도 있고 또 포부도 컸지요. 나무가 크면 바람을 맞기 마련! 상 대인은 평생 비굴하지 않았고 뭐든지 나서서 했어요. 부당한 일을 그냥 보지 못하는 분이죠. 난 평생 어린 백성으로 살았어요. 누구든 보면 예를 올리고, 절하고, 읍하고. 그저 애들이나 잘 커서, 얼지 않고, 굶지 않고, 병 안 나고 살기를 바랐죠! 그런데, 일본 놈들이 있을 땐 둘째 녀석이 도망 다니느라, 마누라가 그렇게 아들 생각으로 애를 태우다 갔고! 어렵사리 일본 놈들이 물러가고 한숨 돌리나 했더니, 웬걸요? (쓸쓸히 웃는다.) 허허, 허허, 허허!

상 대인   나도 나을 게 없네! 내 힘으로 먹고사느라, 평생 양심껏은 했지만 아무것도 이룬 게 없네! 일흔이 넘어 땅콩 장사나 하고 있으니! 나야 그렇다 치고, 바라고 또 바라길 우리 나라는 그래도 제대로 돼서 남의 나라한테 굴욕은 당하지 않았으면 했는데…… 허허!

진중의   일본 놈들이 있을 땐, 무슨 합작이니 하면서 내 공장을 먹어 치우더니, 우리 정부가 들어서자, 공장은 어느새 반동의 재산이 되었더군. 창고 속에 있던 (뒤쪽을 가리키며) 그 많던 물건, 다 없어졌지! 허허!

왕이발   개량, 난 그래도 늘 개량하느라 애썼어요. 남에게 처지지는 않으려고요. 차만 팔아 안 되겠기에 하숙도 쳐 보고, 하숙이 없어지자 평서도 시켜 보고, 평서로도 사람이 안 오니 이젠 체면 불고하고

아가씨도 쓰려 했지! 사람은 어쨌든 살아야 하
잖소? 내가 온갖 방법을 다 쓰며 여기까지 온 것
도 다 살기 위해서 아니었겠소! 그래요, 뇌물 줘
야 할 땐 봉투도 내밀고. 그래도 난 정말 못된 짓
이나 도리에 어긋난 짓은 해 본 일이 없다고요.
그런데 왜 살아갈 길까지 막는 거지? 내가 누구
에게 잘못했나? 대체 누구에게? 황제인지 마마
인지 그 개 같은 연놈들은 잘만 사는데, 난 찐빵
하나 제대로 먹을 수 없으니, 어떻게 된 셈판인가
말이오?

상 대인   바라고, 바라고, 그저 다들 옳은 거 옳다 하고 남
속이지 않고 그냥 그렇게 살기를 바랐는데, 내 두
눈으로 친구들 하나하나 굶어 죽지 않으면 잡혀
죽는 꼴을 보게 되니, 이젠 눈물도 나오지 않는다
오! 송 대인 그 친구는 굶어 죽었소. 관짝도 없어
서 내가 구걸을 하다시피 하여 마련해 줬지! 그는
그래도 나 같은 친구라도 있어서 널판 관짝이라
도 마련했지만, 나는? 난 우리 나라를 사랑했어.
그런데 누가 날 사랑해 주지? 보게, (광주리에서 지
전을 꺼내며) 장사 치르는 집 만나면, 지전 몇 장
집어 두었지. 수의도 없고, 관짝도 없고, 지전이나
마 좀 준비해 두려고, 허허, 허허!

진중의   상 대인, 우리 스스로 제사나 지내 둡시다. 지전
뿌려서, 우리 세 늙은이 몫으로!

왕이발 좋아요! 상 대인, 옛날에 노인들 출상 때처럼 한
번 외쳐 보시오!

상 대인 (일어나서 외친다.) 네 귀퉁이 상여꾼이오. 이 집서
지전 백이십 꿰미 내었소.

지전을 몇 장 뿌린다.

왕이발/진중의 백이십 꿰미!

진중의 (한 손에 한 사람씩 잡고) 난 할 말이 없소. 잘들 계
시오! (퇴장한다.)

왕이발 안녕히 가세요!

상 대인 한 잔 더 마시겠소! (한숨에 다 마신다.) 안녕히 계
시오! (퇴장한다.)

왕이발 잘 가시오!

정보와 소심안이 들어온다.

정보 그들이 왔어요, 어르신! (방 안에 향수를 뿌린다.)

왕이발 응, 그들이 왔다면 난 비켜 주지! (지전을 주워 뒤
로 나간다.)

소심안 어르신, 왜 지전을 뿌렸죠?

왕이발 난들 알겠소! (퇴장한다.)

소유마가 들어온다.

소유마　오셨어. 한쪽에 하나씩 서!

정보와 소심안이 문 안쪽에 좌우로 선다.

　문밖에서 차 멈추는 소리가 나고, 먼저 헌병 둘이 들어온다. 심 처장이 들어오는데, 군복을 입었다. 군화에 박차를 달고 있으며, 손엔 작은 채찍을 들고 있다. 뒤에도 헌병 둘이 따른다.

심 처장　(열병하듯, 정보와 소심안을 본다. 한 명씩 보고 한 번
　　　　　씩) 좋아! (미국 말처럼)

정보가 의자를 하나 가져다 심 처장을 앉게 한다.

소유마　처장님께 보고합니다. 유태찻집은 생긴 지 육십
　　　　　년이 넘었습니다. 온 북경에 모르는 사람이 없죠,
　　　　　자리도 좋고. 이 오래된 이름으로 우리 거점을 삼
　　　　　으면 꼭 성공할 겁니다! 예전처럼 차를 팔면서
　　　　　(가리키며) 정보 양과 소심안 양을 시켜 접대하도
　　　　　록 할 생각입니다. 제가 여기서 온갖 종류의 인간
　　　　　들을 감시하노라면 반드시 많은 정보를 얻고 공
　　　　　산당도 잡아내게 될 것입니다!
심 처장　좋아! (역시 미국 말처럼)

　정보가 헌병의 손에서 카멜 담배를 받아 심 처장에게 준다. 소심안은 라이터를 받아서 불을 붙여 준다.

소유마 뒤는 본래 창고였으나, 물건은 이미 처장님께서 다 처리했고, 지금은 비어 있습니다. 여기도 수리를 해서, 중간에는 작은 댄스홀을 만들고, 양쪽 가에는 침실을 몇 개 만들어 모두 화장실 등 시설을 갖출 예정입니다. 처장님께서 한가하실 때 오셔서 춤도 추시고, 카드놀이도 하시고, 커피도 드십시오. 시간이 늦어서 묵어야겠다 하시면 그냥 묵으시고요. 이건 처장님 개인의 작은 구락부라고 생각하시면 되겠습니다. 관리는 제가 하고요. 공관보다는 훨씬 산뜻하고 편리하고 또 재미있을 겁니다!

심 처장 좋아! (미국 말처럼)

정보 처장님, 제가 한 가지 여쭈어도 될까요?

심 처장 좋아! (미국 말처럼)

정보 이곳 늙은 주인이 매우 가엾게 되었습니다. 그에게 제복을 하나 주셔서 문지기 일도 보고, 귀빈들이 차 타고 내리는 것을 돕도록 하면 어떨까요? 그는 여기서 몇십 년을 살았기 때문에 누구든지 그를 다 알거든요. 정말 이곳의 살아 있는 간판이라 할 수 있죠!

심 처장 좋아! 그리 전해!

소유마 네! (뒤쪽으로 달려간다.) 주인장! 주인장! 우리 아버지 친구인 어르신! (들어간다. 잠시 후에 뛰어나온다.) 처장님께 보고합니다. 무엇 때문인지 그가 목을 맸어요, 목을 매고 죽었어요!

심 처장   좋아! 좋아! (미국 말처럼)

막이 내린다.

극이 모두 끝난다.

부록

이 극에서는 등장인물들이 막마다 분장을 바꾸어야 하므로 막과 막 사이에 비교적 긴 시간이 필요하다. 그래서 한 사람이(역시 극 중 인물이라 할 수 있다.) 쾌판(快板)이라는 빠른 박자의 노래를 몇 소절 부르며, 휴식 시간이 너무 길게 느껴지지 않도록 하는 동시에, 간략히 극의 내용을 소개한다.

1막 막이 오르기 전

나 양바보가 죽판[18] 두드리며, 이 큰 찻집에 이르렀네.

---

18) 죽판(竹板)은 대나무 판을 엮어 박자를 맞추는 타악기를 가리키며, 또

대형 찻집, 유태는 날로 번창하니 정말 대단하구나.

자리도 많고, 늘상 벅적벅적, 늙은이 젊은이 모두 온다.

얘기도 하고, 창도 하고, 차림새도 다 각각이로다.

새장 들고 와서 횃대에 놀리고, 귀뚜라미까지 잘도 길렀구나.

먹기도 하고, 마시기도 하는데, 돈 없는 사람은 보고만 있네.

장기 좋아하는 이, 이리 와서 두어 판 둡시다. 튀김 요리 한 접시 내기 걸고요.

연출도 논하고, 연기도 논하고, 기침 소리까지 경극 하듯 하네.

단, 한 가지만은 명심하게. 나랏일은 이야기하지 맙시다! 이건 꼭 기억해야 돼.

흥! 나랏일이 심상치 않아. 황룡 깃발도 나날이 위풍이 줄어 가네.

문무백관은 능사가 하나 있으니, 양놈만 보면 재빨리 달아난다네.

외제 물건 산처럼 쌓였구먼. 아편까지 팔아먹다니!

죽어나는 건 시골 사람들, 먹지도 입지도 못하여 자식을 파네.

관리들은 부유한데 백성은 굶주리니, 조정에 담사동이란 자가 나왔다네.

유신을 외치며 이상도 높구나. 또 강유위와 양계초도 있었

이를 사용하여 연창하는 수래보(數來寶) 등의 1인 강창 형식을 가리키기도 한다. 죽판 기예는 18세기 초에 형성되어 죽판서(竹板書)라고 하였고, 청나라 말 민국 초에 북경에서 크게 유행했다.

다네.

　이 일은 정말 굉장했어. 태후는 화가 나서 이를 갈며 흥분했지.

　죽이고 베고, 유신 주장하는 놈은 모두 반역자.

　그만 떠들어. 이 말 저 말 하다가는 목 떨어지기 십상이니.

　막이 천천히 열린다. 양바보가 찻집으로 들어간다.

　죽판 두드리며, 큰 걸음으로 성큼, 찻집에 들어서서 들어 줄 사람을 찾는다오.

　어느 어르신께서 들으시렵니까? 양연소(楊延昭)가 원문(轅門)에서 아들 참수하는데 목계영(穆桂英)이 나타났다네.[19]

　왕이발이 와서 뭐라 한다.

　주인장 돈 많이 벌어, 금은보화 한꺼번에 들어오길 빕니다.

　댁은 돈이 있지만 난 입밖에 없다오. 이 각설이는 가난뱅이라오.

　퇴장한다.

---

19) 양가장(楊家將) 이야기 가운데, 『원문참자(轅門斬子)』의 단락으로 북송 때 요의 천문진(天門陳)을 공략하기 위해 양연소가 군사를 이끌고 출전했는데, 아들 종보(宗保)가 순찰 중 목계영과의 교전에서 포로가 되었다가 혼인을 맺고 돌아오자, 그를 참수하려 하는 대목이다.

2막 막이 오르기 전

죽판 두드리며, 또 왔소이다. 이 각설이는 아직도 가난뱅이
라오.

지금은 민국이지요. 땋은 머리는 잘랐어도 아직 끝난 게 아
니죠.

주인 왕씨 머리를 굴려, 일마다 개량이요 유신이지만,

(낮은 소리로) 머리 굴려 봤자 헛수고라오. 팔뚝이 굵어 봐
야 넓적다릴 당하겠나?

군벌들 일어나, 전쟁을 해 대니, 흰 놈이 들어가면 검은 놈
이 올라앉네.

조가가 전가를 치고, 손가는 이가를 치고, 조가 전가 손가
이가 얽혀서 대포질, 말이 안 통하네.

쌈질하려니, 총과 대포가 필요해. 돈만 뭉텅이 뭉텅이 양놈
들 손으로 건너가네.

총 팔고 대포 팔려고 군벌들 도와, 하난 황하 차지하고, 하
난 양자강 차지했네.

백성들만 죽어나네. 군대만 닥치면 양식도 가축도 싹 털려
버리네.

주인 왕씨 개량하니, 찻집이 학당 같네.

뒤에는 대학생들 사니, 말하는 것도 문화인, 정말 듣기 좋
구나.

겁나는 건 무지막지한 헌병들, 들어만 오면 찻집은 끝장이
라네.

김새는 말은 접어 두고, 우선 축하나 해 두세.

개업을 한다니 축하해야지. 새 노래를 짓다니 나도 대단하지요? (내려간다.)

(다시 올라와) 유태찻집이 대개량을 했으니, 만사형통 잘될 거요.

왕이발　오늘은 줄 게 없네. 내일 개업인걸.

내일이라, 내일 좋지. 금은보화가 한꺼번에 모이기를!

대포 소리가 들린다.

당신은 가게 문 열고 저기선 대포를 여나 보오. 내일은 「팔사묘(八蜡廟)」 출정 대목[20]을 불러야겠군.

왕이발　꺼져!

양바보가 퇴장한다.

---

20) 「팔사묘」는 청대를 배경으로 황천패(黃天覇)가 비덕공(費德功)을 토벌하는 내용으로, 무술 중심 레퍼토리다. 황천패는 소설 『시공안(施公案)』의 주인공으로, 경극 「연환투(連環套)」, 「악호촌(惡虎村)」에도 등장한다. 부친이 강호 협객인 황삼태(黃三泰)로, 강희 황제를 구하여 황색 마고자를 하사받기도 했다. 1930, 40년대에 『시공안』 이야기가 널리 유행하여, 평서와 경극 등으로 많이 공연되었다.

3막 막이 오르기 전

나무는 늙으면 잎이 귀해지고, 사람은 늙으면 머리털도 허리도 고갤 숙이지.

내가 못사는 거야 말할 것도 없지만, 찻집 주인 왕씨도 지내기가 어려운가?

돈도 다 털리고, 사람도 늙고, 몸에 걸친 낡은 솜누비옷만 남았다오.

그놈의 일본군이 팔 년이나 북경을 점령했지.

모두 모두 고생, 말로 다 할 수 없어, 죽진 않았어도 뼈만 남았지.

우리 팔로군 민심 얻으니, 한 걸음 한 걸음 일본군 물리쳤네.

별을 바라듯, 달을 바라듯, 승리 바라며 희망 가득 찼다네.

(흥!) 국민당이 북경에 들어오자, 그 횡포가 왜놈에 뒤지지 않는구나.

주인 왕씨도, 억울하구나. 나나 마찬가지로 목숨 겨우 부지했네.

오래된 찻집도 낡고 헐어서, 온갖 머리 짜내도 소용이 없네.

하늘도 불쌍하고 땅도 불쌍한데, 관에 있는 나리들만 돈 보따리를 챘네.

퇴장한다.

왕이발이 죽은 후 양바보가 다시 등장, 정보가 눈물 흘리는 걸

보고,

아가씨, 울지 마시오. 어둠도 다하면 날이 밝아 오는 법.
아가씨, 슬퍼 마시오. 서산의 샘물이 동쪽으로 흐른다오.
괴로움 실은 물 흘러가고, 기쁨 실은 물이 흘러올 테니,
이제 아무도 다시 노예 노릇은 하지 않으리.

너무나 중국적인, 너무나 인간적인, 라오서의 『찻집』

『찻집(茶館)』은 북평(北平) 인력거꾼의 삶을 다룬 대표 소설 『낙타상자(駱駝祥子)』로 1930년대에 이미 중국 최고 작가 반열에 오른 라오서(老舍, 1899~1966)가 1956년에 창작하여 1957년에 발표한 희곡이다. 1958년 북경인민예술극원(北京人民藝術劇院, 이하 북경인예)에 의해 초연되었다. 「찻집」은 서구 드라마 양식으로 공연된 작품 가운데 가장 완벽한 중국적 감각의 무대를 보여 주었고, 중국 근대극사에서 기념비적인 작품이 되었다. 문화대혁명(이하 문혁)이 지나고, 1979년 북경인예의 초연 팀이 다시 모여 오리지널 버전의 「찻집」을 무대에 올렸다. 이는 문혁이 막 시작되었던 1966년 태평호(太平湖)에 몸을 던진 라오서의 복권을 만방에 선언하는 공연이었다. 그 후 2021년 7월까지 「찻집」은 720회 이상 공연되면서, 매회 전석 매진을 기록하여 "「찻집」 현상"이라는 말이 생겼을 정도다. 「찻집」이 북경인들의 변치 않는 사랑을 받는 중국 현대극의 대표 레퍼토리임을 잘 보여 주는 말이다. 물 흐르듯 흘러가는 인물 군상의 삶을 통해 뒤틀린 중국 현대사 50년의 흐름이 뚜렷이 드러난다. 너무나 중국적이면서 너무나 인간적인 작품이다. 또한 1989년 필자가 처음으로 국내에 번역 소개한 특별한 인연이 있는 작품이기도 하다.

영원한 휴머니스트 라오서의 생애와 문학

라오서의 본명은 수칭춘(舒慶春), 입춘에 태어나서 얻은 이름이다. 학교에 다니면서 스스로 바꾼 이름이 서위(舍予), 자아를 버린다는 뜻이다. 필명으로는 제칭(絜青), 홍라이(鴻來), 페이워(非我) 등을 썼다.

라오서는 1899년 청나라 말 북경의 몰락한 만주족 기인(旗人) 집안에서 태어났다. 기인은 청나라의 군사 행정 조직으로 청홍 등 깃발 색에 따라 팔기(八旗)로 나누었다. 만주족이 중원에 자리 잡은 후에는 북경 수비대 등의 역할을 했다. 청 초에는 특권 계급이었으나, 청 중엽 이후 점차 몰락했다. 정홍기인(正紅旗人) 소속이던 라오서의 부친은 1900년 팔국연합군의 북경 입성 전투에서 전사했고, 모친이 삯바느질로 네 자녀를 양육했다. 그는 열네 살에 북경사범학교에 입학하여 1918년 졸업 후, 방가호동소학교(方家胡同小學校) 교장을 거쳐, 이 년

후 경사(京師) 교육국 장학관이 되었으나, 부패한 행정 기제에 적응하지 못하고 곧 다시 학교로 돌아왔다. 천진(天津) 남개중학(南開中學)에서 국어를 가르치며, 1922년 세례를 받고 기독교인이 되었다.

1924년 영국으로 가서 런던 대학 동방 학원(School of Oriental Studies)에서 오 년간 강사로 중국어를 가르치면서, 『장씨의 철학(老張的哲學)』 등을 발표하여 소설가로 이름을 굳혔다. 1929년 귀국 후, 제로대학(齊魯大學), 산동대학(山東大學) 등에서 교육과 창작을 병행했다. 1937년 가을 무한으로 가서 이듬해부터 중화전국문예계항적협회(中華全國文藝界抗敵協會)의 책임을 맡아 항일 활동에 투신했으며, 전황에 따라 중경으로 옮겨 갔다. 이 시기에 그의 대표 소설들이 창작되었다. 1936년 9월부터 잡지 《우주풍(宇宙風)》에 『낙타상자』를 연재하기 시작하여, 1939년에 정식 출판했다. 1939년에는 런던에서 그의 『금병매』 영역본 *The Golden Lotus*가 출판되었는데, 이 책은 지금까지도 가장 중요한 『금병매』 영역본의 하나로 꼽힌다. 1944년에는 『사세동당(四世同堂)』 제1부, 1946년 제2부, 1949년 제3부가 출판되었다.

미국 국무원 초청으로 1946년부터 미국에 체류 중이던 라오서는 1949년 신중국 수립 후 저우언라이(周恩來)와 문예계 친우들의 권유로 귀국을 선택했고, 1950년 중국민간문학연구회 부이사장에 취임했다. 그는 직접 농촌을 찾아 소재를 발굴하는 발로 뛰는 작가였다. 북경 변두리 낙후 지역인 용수구(龍鬚溝) 사람들의 생활의 변화를 담은 체제 찬양 작품 『용수구』를 창작하여 호평을 받았고, 1951년 인민예술가 칭호를 받았다. 1953년에는 한국 전쟁 제3차 위문단으로 한반도 전장에 와서 희곡 소재 발굴을 위해 일부러 일선에 머물기도 했다. 귀국 후 전국문예계연합회 주석, 중국작가협회 부주석을 맡았고, 1957년 7월 희곡 『찻집』을 발표했다. 『찻집』은 바진(巴金, 1904~2005)이 편집을 맡고 있던 잡지 《수확(收穫)》 창간호에 실렸고, 이듬해 6월 중국희극출판사에서 단행본으로 출판되었다. 라오서는 평생 자신을 던져 일에 몰두했던 성실한 작가이자 문예 활동가였으나, 문혁 초기인 1966년 북경 태평호에 몸을 던져 생을 마감했다. 며칠 후 그는 화장되었고, 유골조차 남기지 못했다.

1931년 결혼한 아내 후제칭(胡絜青, 1905~2001)과의 사이에 장녀 수지(舒濟), 장남 수이(舒乙), 차녀 수위(舒雨), 삼녀 수리(舒立)가 있다. 『낙타상자』와 『사세동당』 등 많은 장·단편 소설과 시, 수필, 평론을 남겼고, 희곡으로는 『용수구』, 『찻집』, 『정홍기하(正紅旗下)』(미발표) 등 현대극 27편을 비롯하여, 오페라, 경극, 곡극(曲劇), 시나리오 등 40여 편과 고사(鼓詞), 쾌서(快書), 상성(相聲) 등의 강창(講唱) 70여 편을 남겼다.

라오서는 뛰어난 재능과 성실한 품성을 지닌 작가였을 뿐 아니라 사회의 변혁에 대한 열정과 용기를 지닌 활동가였다. 진정 나라와 민족을 사랑했을 뿐 아니라 인간에 대한 깊은 애정을 지닌 작가였다. 그가 스스로 생을 마감했다는 사실은 그와 그의 문학을 사랑하는 많은 이들로 하여금 더욱 큰 안타까움을 느끼게 한다.

그의 문학 생애에서 영국 체류 시기(1924~1929), 항전 시기(1937~1945), '17년 시기'(1949년 신중국 성립 후부터 문혁까지를 가리킨다.) 후반(1957~1966)은 라오서에게 매우 중요한 의미를 갖는다.

그는 20대 초반에 기독교를 받아들였다. 영어를 공부하여 영국으로 유학을 간 것도 이와 무관하지 않다. 영국에서 보낸 5년은 그에게 선진 유럽을 충분히 이해하고 특히 찰스 디킨스, 서머싯 몸 등 영국 작가들의 문학을 만나는 기회였고, 서구 선진 사회의 사상들을 체화하는 시간이었다. 특히 기독교적 박애에서 시작하여 인도주의에 이르기까지 라오서의 사상이 형성되는 데 중요한 시기였다.

서구를 경험하고 돌아와 산동에서 교편을 잡고 있던 라오서에게 항전 시기는 매우 중요한 의식의 변화를 불러왔다. 일본의 침략이 본격화되자 풍전등화와 같은 중국의 운명 앞에 많은 지식인들이 항일에 투신했고, 라오서는 문예계의 항일 활동을 이끌었다. 좌익작가연맹 같은 혁명 문학 세력들이 마르크시즘과 러시아 공산당의 영향을 받아 중국 실정에 맞지 않는 문학 활동에 치우쳐 있었다면, 실제 농촌에서 항일 의식 고취를 위해 중화전국문예계항적협회를 이끌던 라오서는 자신이 어렸을 때부터 익숙하던 다수의 민간 문학 형식들을 항전 문학 및 항전 연예로 도입하여 농촌 대중과의 소통에서 실질적인 성과를 올렸다. 이는 이후 마오쩌둥(毛澤東)이 전통 민간 연예를 가리키는 "민족형식(民族形式)"을 호출하는 중요한 근거가 된다. 민중들에게 낯선 서구 양식보다 그들이 늘 즐겨 듣고 즐겨 보던 양식으로 항일과 혁명의 내용을 알리고 교육하려 한 것이다. 라오서는 이 시기에 민간의 전통 문예 양식으로 작품을 창작했다. 무엇보다도 서구 개념에 치우쳤던 20세기 초 중국 문학계와 중국 연극계에 전통 양식의 가치를 새롭게 인식시키는 중요한 기여를 했다. 항일과 혁명의 과정에서 서구 문예 양식에만 머물지 않고 전통 양식을 다시 호출한 것은 그의 문학 세계에서뿐 아니라 중국 문학사에서도 커다란 공헌이다.

신중국 수립 후 귀국한 라오서는 문예계의 중심에서 활발한 활동을 해 나갔다. 마오쩌둥이 '백화제방(百花齊放), 백가쟁명(百家爭鳴)'의 쌍백 방침을 표방하던 1956년은 많은 문인 예술가들이 창작에 힘을 쏟았던 시기이고, 실제로 중국의 문학과 예술이 꽃핀 시기였다. 라오서의 『찻집』도 그러한 분위기 속에서 창작되었다. 그러나 바로 이어 1957년부터 반우(反右) 투쟁과 대약진(大躍進) 운동이 시작되어, 많은 문인 지식인들이 비판을 받았고, 중국은 엄중한 사상 통제 사회로 들어섰다. 영국과 미국 등지에서 선진 자유주의와 인본주의를 충분히 경험한 라오서는 반우 풍파 이후, 심한 내적 갈등을 겪었을 것이다. 1946년경 미국 체류 중 우주광(吳祖光, 1917~2003)에게 보낸 편지에서 "우리에게도 미국과 같은 물질 조건과 언론 자유가 있다면, 우리 연극도 세계 누구에게도 뒤지지 않을 것"이라고 한 언급으로부터, 그가 문학 창작에서 언론 자유가 중요하다는 사실을 누구보다 잘 인식하고 있었음을 알 수 있기 때문이다. 그가 우파로 몰린 우주광의 가족에게 도움을 주고, 많은 문인 지식인들을 도왔다는 사실도 이를 증명한다. 문혁 발발 후 드디어 자신까지도 비판의 대상이 되어 견디기 힘든 모욕을 당하자, 라오서는 결국 삶을 마감하는 선택을 했다. 그간의 헌신과 자신이 추구해 온 것들이 의미 없는 것이었다는 허탈감, 자신이 결국 인간이 아닌 정치 이념을 위해 복무해 온 문예계 리더였다는 자괴감, 그리고 체제의 미래에 대한 절망이 그를 엄습했던 것이 아닐까 싶다. 그가 너무 일찍 떠난 것은 대단히 안타까운 일이지만, 그가 남긴 작품들을 통해 우리는 여전히 사회적 약자들에 대한 그의 애정과 따뜻한 숨결을 느낄 수 있다.

작은 사회, '찻집'을 통해 본 중국 근대사와 그 속의 인간 군상

라오서의 문학은 소재 측면에서 도시 하층민 소재와 북경 소재로 집약된다. 『낙타샹즈』, 『용수구』, 『찻집』은 모두 북경의 하층민들이 다수 등장하거나 주인공이다. 그는 구수하고 맛깔스러운 북경 말을 구사하여 북경 하층민들의 일상과 풍속, 세태를 뛰어난 묘사력으로 그려 내, 절로 독특한 '북경스러움'을 느끼게 한다. 흔히 '상해 맛(海味)'에 대하여 '북경 맛(京味)'이라 불리는 것이다. 그가 몰락한 만주 기인의 후예로 북경에서 하층민 생활을 영위했던 경험이 있었기에 가능했던 일일 것이다. 그는 평범한 일상 속에 만연한 모순과 첨예한 갈등을

날카롭게 포착하여, 경쾌하고 해학적인 일상 언어로 형상화해서, 하층민의 삶의 팍팍함을 그려 내고, 나아가 헤어나기 어려운 삶의 무게에 짓눌린 인간의 운명에 대해 사유하게 한다. 『찻집』은 북경 하층민의 삶을 다룬 그의 작품 가운데 가장 성숙하고 두드러지는 작품이다.

『찻집』이 창작된 1956년은 마오쩌둥의 쌍백 방침에 따라 문예가 꽃핀 시기다. 마침 그해 8월 제1회 인민대회와 헌법 통과를 축하하기 위해 라오서는 무술변법(戊戌變法, 1898)에서 시작하여 신중국의 보통 선거까지를 다룬 『일가대표(一家代表)』라는 희곡을 썼고, 이어서 역대의 헌법 개혁을 다룬 희곡 『진씨삼형제(秦氏三兄弟)』를 썼는데, 북경인예의 차오위(曹禺, 1910~1996), 자오쥐인(焦菊隱, 1905~1975), 샤춘(夏淳, 1918~2009) 등과 토론한 결과, 『일가대표』의 찻집을 배경으로 한 제1막이 가장 불만하니, 그걸 발전시키는 게 좋겠다는 데 의견이 모아졌다. 이렇게 하여 찻집을 배경으로 한 작품이 새로 탄생했다고 한다. 작가는 1958년 5월 잡지 《극본》에 실린 「『찻집』에 관한 몇 가지 질문에 답하여」라는 글에서 다음과 같이 『찻집』의 창작 배경을 설명하고 있다.

찻집은 온갖 신앙, 온갖 직업의 온갖 사람들이 다 드나드는 곳. 그 모든 사람들을 다 담을 수 있으니, 찻집은 우리 사회의 축소판이다. 비록 3막으로 된 작품이지만, 50년에 이르는 사회의 변화를 담아낸다. 그 변화 속에서 정치와의 관련을 피할 수 없다. 그러나 난 정치 무대의 고관대작들을 알지도 못하니, 그들의 진퇴와 처세를 정면으로 그려 낼 수는 없다. 나는 그저 시정의 인물들을 알고 있을 뿐이고, 그들은 늘 찻집을 드나든다. 그래서 그들을 찻집에 모아 그들 삶의 변화를 통해 사회의 변천을 보여 줄 수 있지 않을까 생각했다. 이렇게 『찻집』을 쓰게 되었다.

이렇게 자신의 경험을 바탕으로 가장 자연스럽게 북경의 크고 작은 시정 인물들을 그려 낸 것이 바로 『찻집』이다. 『찻집』은 크게 청나라 말 무술변법 시기, 제국 열강의 이권과 연결된 군벌 전쟁, 그리고 신중국 수립 전야 민국의 세 역사 시기를 배경으로, 각 시기마다 유태(裕泰)찻집에서 벌어지는 일과 그곳에 드나드는 사람들을 통해, 중국 사회의 혼란상과 그로 인해 죽음으로 내몰리는 인간 군상의 모습을 보여 준다.

이 작품에는 유태찻집 주인 왕이발(王利發)을 포함하여 오십 명이 넘는 다양한 인물 군상이 등장하며 젊은이가 노인이 되고 한 세대가 다음 세대로 이어진다. 인물들은 두어 마디 대사로도 그 성격을 알아볼 수 있다. 이름부터 전형성을 지닌다. 찻집 주인 왕이발의 이름을 보면 이로울 이(利) 자에 부자가 된다는 뜻의 발(發) 자를 썼다. 그의 직업과 성격에 잘 어울리며, 더도 덜도 아니고 돈 벌어 잘살고자 하는 중국 도시 소시민의 바람이 그대로 드러난다. 방 태감의 양자로 들어갔다가 후에는 혁명에 투신하여 팔로군에 합류하는 강대력(康大力)에게는 클 대(大) 자에 힘 역(力) 자를 써서 새 시대를 향한 강력한 희망을 부여했다. 진중의(秦仲義)에게는 버금 중

(仲) 자를 써서 그가 진씨 집 둘째 나리임을 밝히고, 의로울 의(義) 자를 써서 산업 입국을 지향하는 인물의 기백을 드러 냈다. 정보(丁寶)는 한 덩어리 보물이라는 의미로 귀여운 여성 을 뜻한다. 송은(宋恩)과 오상(吳祥)은 비열한 권력 끄나풀이 며 특무인데, 이름에는 은혜 은(恩) 자, 상서로울 상(祥) 자를 써서 그들의 덕성을 풍자했다. 송 대인, 상 대인, 마 대인은 집 안의 항렬자에다 야(爺) 자를 붙여 그들이 청나라 말 민국 초 기 만주족 기인의 후예임을 밝혔다. 추복원(鄒福遠), 위복희(衛 福喜) 같은 예인들이나 우후재(于厚齋), 사용인(謝勇仁) 같은 지식인들은 극 중 비중은 크지 않으나 이름을 붙여서 존중을 표한 반면, 하층 인물 이삼, 강육, 방육 들은 성씨에다 몇 째인 지만 밝히거나 아예 성에 노(老) 자만 붙여 임씨, 진씨, 양씨라 고만 칭하여, 그들 존재의 미약함을 드러냈다. 또 이 작품에서 는 인물의 특징을 말해 주는 별명을 많이 사용하고 있다. 당 철취(唐鐵嘴)의 철취는 '쇠주둥이'라는 뜻으로 그가 아편쟁이 임을 풍자하고, 유마(劉麻)는 곰보이며 낯 두꺼운 중매쟁이의 전형이다. 부랑자 두목은 황뚱보(黃胖子), 은전 장수는 차당 당(車當當), 각설이 타령을 하는 거지는 양바보(大傻楊)와 같 이 별명으로 부른다. 이는 중국 시정에서 이미 유형화된 인물 들을 효과적으로 활용한 것이다. 방 태감, 심 처장, 명 사부(師 傅)처럼 직함을 부르는 인물들도 당시 사회의 전형적인 인물 유형이다. 황궁의 태감이나 전문 요리사, 민국 시기의 세도를 보여 주는 처장 모두 그 시대 중국 사회의 면모를 상징적으로 보여 준다. 이 작품에서는 인물도 대를 이어 등장한다. 소유마

와 소철취, 소송은과 소오상 등의 소(小) 자는 영어의 junior 에 해당하는데, 이들 2세를 통해 세대가 내려갈수록 더 심해지는 죄악과 악덕을 풍자했다. 예를 들어 인신매매꾼 유마의 아들 소유마는 기업화된 성착취단의 기획자가 된다.

1막에서는 제국 열강의 침략으로 풍전등화 같은 상황 속에서 담사동(譚嗣同, 1865~1898)의 개혁이 실패로 끝나지만, 북경의 인물 군상들은 그들의 습관대로 일상을 향유한다. 새를 놀리거나 비둘기 한 마리 때문에 수십 명이 패싸움을 벌이기도 하고, 농민들은 입에 풀칠할 수가 없어 아이를 팔려고 나오는데, 내시인 태감은 여자를 사서 아내로 삼으려 한다. 찻집 곳곳에 붙어 있는 "나랏일은 이야기하지 맙시다."라는 글씨는 더 큰 불행이 잠재된 상황을 웅변한다. 1막 시작부터 중국적 생활의 리듬이 살아 있는 북경의 찻집을 구현하여 관객으로 하여금 말로 표현할 수 없는 친근함과 편안함을 느끼게 한다.

2막과 3막에서도 장소는 바뀌지 않는다. 약간의 내부 장식과 분장의 변화 및 사건을 통해, 시대의 변화에도 불구하고 인간 군상들은 여전히 모순에 가득 찬 삶을 되풀이하고 있을 뿐 아니라 그 모순은 더 악화되고 있음을 강조한다. 왕이발은 찻집을 살리기 위해 개량의 노력을 계속하지만, 군벌 전쟁 속에서 찻집을 유지하기는 더욱 어려울 뿐이다. 탈영병 둘이 한 여자를 사서 함께 아내로 삼겠다는 기막힌 일이 벌어지고, 인신매매를 주선하던 유마는 탈영병으로 몰려 즉석에서 처형된다.

3막에 이르면, 미군과 결탁한 국민당 세력이 들어와 자본주의의 폐해까지 더해지면서, 결국 소시민들의 살길이 막히고 왕이발은 목을 매기에 이른다. 삶을 영위하고자 바둥거리는 하층민들의 온갖 노력에도 불구하고 끊임없이 새롭게 군림하는 권력층의 수탈과 억압이 결국은 이 작품을 비극적 결말로 이끈다. 왕이발, 진중의, 상 대인 세 노인이 지전을 뿌리며 자신의 삶을 애도하고 죽음을 준비하는 모습은 눈물겹다. 인도주의자 라오서가 『낙타상자』에서 만장을 들고 걸어가며 점차 수그러지는 상자의 어깨에 가슴 아픈 시선을 보냈듯이, 이들 세 노인에게 보내는 안타까운 시선이 느껴지는 대목이다. 왕이발의 선택에 귀국 후 끊임없이 새로운 정권에 적응하려 노력했던 라오서 자신의 모습이 오버랩되는 것도 당연하다.

가장 중국적인 공간인 찻집에서 가장 중국적인 인물 군상이 펼치는 에피소드 중심의 서사 구조를 갖춘 『찻집』은 중국 근대극 사상 가장 중국적인 작품이다. 서구 근대극의 그늘에서 벗어나 완벽하게 현지화된(localized) 연극이 탄생한 것이다. '민족화'라는 말이 저절로 떠오르게 만든 작품 『찻집』에는 "화극 민족화"의 경전이라는 평이 늘 따라다녔다.

사회주의적 리얼리즘 연극과
북경인예 연극학파의 「찻집」 공연

중국 현대극의 정통은 그 역사적, 환경적 요인들로 인해 여전히 리얼리즘 연극에서 찾을 수밖에 없다. 문혁 이후 실험극들이 출현했지만, 전체적인 경향을 보면, 아직도 리얼리즘 연극이 양과 질에서 주류를 이루고 있기 때문이다. 리얼리즘은 문예 사조로, 또는 창작 정신이나 방법으로 논자에 따라 다르게 규정하고 있어, 중국의 경우 초기에는 '사실주의'로, 1930년대부터는 '현실주의'로 통일, 번역되어 왔다. 리얼리즘에서 공통적으로 전제되는 '진실(眞實)'의 포착 문제에서도 사실의 모사와 현상이나 사실 너머의 본질, 진실의 포착이 연관되어 있다고 여겼다. 따라서 중국에서는 사실적 묘사 기법을 기본으로 하는 문예 사조로서의 리얼리즘에 자주 경도됨으로써 표현이 자연주의적인 경향을 띠기도 한다. 특히 중국의 '사회주의적 리얼리즘'은 사회주의의 이념과 리얼리즘 사조의 기법을 결합한 것으로, 사실의 투사를 통해 사회적 진실을 드러내고자 한다.

처음 연극 개량을 주창했던 이들은 서구 연극이 '인생의 진실한 모습을 묘사한다'라는 점이 중국 전통극과의 가장 중요한 차이라고 여겼다. 이러한 '진실'의 추구는 두 가지 측면을 갖는다. 하나는 전통극의 상투적인 주제와 내용이 아닌 삶의 진실을 다룬다는 것이고, 하나는 상징적인 표현의 전통극과 달리 생활의 구체적이고 사실적인 모습을 담아낸다는 것이다. 이 두 측면 중 신극 운동가들에게는 전자의 의미가 부각되어 사회문제극이나 선전극에 비중이 두어졌다. 반면, 관객과 배우들에게는 후자의 의미가 부각되면서, 사실적인 표현 방식이 중요한 변혁의 내용으로 여겨졌다. 중국 연극이 자연주의에 가까운 스타일을 확립하게 된 이유도 여기에 있다.

5·4운동 시기 전반적인 신문화 운동의 일환으로 전개된

연극 개량 운동은 '사회문제극'과 '진실'관을 그 주요 내용으로 삼고, '입센주의'와 사실주의를 이론적 기초로 삼았다. 후스(胡適, 1891~1962)를 비롯한 연극 개량 운동가들은 입센주의를 통해 입센 연극의 사회적 효과와 사실성에 주목했다. 전통극이 구축해 온 유미적인 환상을 깨고 사회와 인생을 직면하고 연극을 통해 생활을 재현함으로써 진실을 밝히는 효과를 기대했다. 즉, 생활의 진실성과 극 중 인물의 진실성을 강조하면서, 이러한 실용주의적 입장이 중국 연극의 기조를 이루었다. 5·4운동 시기의 사실주의 연극은 리얼리즘 연극 정신과는 편차를 지니며, 공리적 효과를 강조하면서, 예술보다 사회적 사명감이 강조되는 중국 연극의 가치 지향, 중국적 리얼리즘을 구축했다.

그 후 중국좌익작가연맹을 거치며 취추바이(瞿秋白, 1899~1935)에 의해 사회주의 혁명을 수행하기 위한 문예 이론으로서의 사회주의적 리얼리즘이 표방되고, 다시 사회주의 이념 위에서 사회의 문제를 해부하여 사실적 기법으로 진실을 밝히는 사실주의가 문예의 기본 방침으로 확립되었다. 따라서 1930년대부터 혁명이 완수되는 1949년까지는 주로 혁명을 위한 문학과 연극이 기조를 이루었다. 톈한(田漢, 1898~1968), 궈모뤄(郭沫若, 1892~1978), 차오위 등이 현실 인식과 시적 품위를 겸비한 희곡들을 내놓았다. 그러나 신중국 수립 이후에는, 프롤레타리아 혁명이 완수된 사회에는 '광명'만 존재하므로 '광명'만 그려 내도록 요구되었고, 문혁 시기에는 더욱 그러했다. 중국의 연극은 이 시기를 거치면서 리얼리즘의 생명인 '진실'의 포착이 외면되었고, 사실적인 기법으로 각종 정치 선전극을 만들어 냈다. 그러한 상황 속에서 나온 라오서의 「찻집」은 혁명가 라오서의 휴머니즘과 중국적 리얼리즘을 대표하는 걸작이자, '민족적 풍격'을 온전히 표현한 독보적이고 기념비적인 작품이었다.

「찻집」은 1958년 3월 29일 자오쥐인과 샤춘 공동 연출로 북경인예 수도극장에서 초연되었다. 현대극의 민족화를 상징하는 기념비적인 무대가 되었으나, 1963년 5월 재공연 이후 주인공 왕이발의 자살로 귀결되는 비관적 결말에 대한 비판이 강해졌고, 문혁으로 접어들면서 라오서는 직접 개작을 하기도 했다. 문혁이 끝나고, 1979년 라오서 탄생 80주년을 기념하여 북경인예 오리지널 팀이 1958년 초연본 「찻집」을 복원하여 공연했고, 1980년 9월에서 11월까지 독일, 프랑스, 스위스 등지에서 25회 무대에 올렸다. 중국 현대극의 첫 해외 공연이었다. 1982년에는 북경인예 수도극장에서 재공연을 했고, 영화로도 만들어졌다. 1983년에는 일본, 1986년에는 홍콩, 싱가포르, 캐나다 등지에서 공연했다.

「찻집」이 기념비적 공연이 된 데에는 서구식 연극에 중국의 무대 미학을 살리고자 했던 자오쥐인의 연출도 중요했지만, 북경인예 배우들의 역할을 빼놓을 수 없다. 왕이발 역 위스즈(于是之), 진중의 역 란텐예(藍天野), 방 태감 및 추복원 역 둥차오(董超), 상 대인 역 정룽(鄭榕), 유마 역 잉뤄청(英若誠) 등으로 대표되는 북경인예 1세대 배우들의 연기는 중국 연극사에 인예학파라는 연기 전통을 수립했다. 건국 초기 소련의 영향을 받아 스타니슬랍스키의 경험적 연기론을 기초로 하는 리얼리즘 연기 방식을 수용하여 많은 경전적 공연들을 올리면서, 북경인예 스타일이 구축된 것이다. 그들은 마치 유태찻집을 드나들던 인물들이 실재하는 듯 느껴지는 무대를 재현해냈다. 1992년 7월 16일 북경인예 40주년을 기념하는 제374회 「찻집」 공연은 위스즈를 비롯한 오리지널 팀의 고별 공연이었다. 필자는 이들 1세대의 「찻집」 무대를 직접 보지는 못했지만, 1996년 제3회 베세토연극제에서 위스즈를 비롯한 북경인예 1세대 배우들이 출연한 「빙탕후루(氷糖葫蘆)」를 통해 그들을 만났다. 치매가 시작된 위스즈의 마지막 무대였지만, 여전히 1세대 북경인예 배우들의 공력을 확인할 수 있었다.

1999년 10월에는 린자오화(林兆華) 연출로 다소 변화된 북경인예 2세대의 「찻집」 공연이 올라갔다. 왕이발 역에 양관화(梁冠華), 그리고 푸춘신(濮存昕), 양리신(楊立新), 펑위안정(馮遠征), 우강(吳剛) 등이 참여했고, 2004년에는 누적 공연 횟수가 500회에 이르렀다. 2005년에는 초연 연출가 자오쥐인 탄생 100주년 기념으로 오리지널 버전이 다시 복원되었고, 그 버전으로 2007년 국가대극원 개관 기념 공연, 2008년 북경 올림픽 기념 수도극장 재공연 등이 전석 매진을 이어 갔다. 필자는 북경 수도극장에서 이 버전을 직접 보았는데, 여전히 큰 감동이었다. 올해 2021년 7월에도 수도극장에서 재공연되어 누적 공연 횟수 720회를 기록했다. 「찻집」이 중국 연극의 살아 있는 전설임을 다시금 확인하게 해 준다. 우리 관객들은 아직 북경인예의 「찻집」 공연을 만나지 못했다. 1994년 제1회 베세

토연극제에서 「찻집」을 이은 민족화극 「천하제일루(天下第一樓)」(예술의전당, 토월극장) 무대를 통해 북경인예 스타일을 잠시 만났을 뿐이다.

2017년에는 리류이(李六乙) 연출로 사천인민예술극원에서 사천 말 판 「찻집」이 공연되었고, 2018년에는 왕충(王翀) 연출로 학교 판 「찻집」이 공연되었으며, 우전(烏鎭)연극제에서는 멍징후이(孟京輝) 연출의 포스트모던 버전이 공연되었다. 오랜 기간 명성을 누렸던 북경인예의 경전화된 공연을 벗어나 새로운 각색과 해체 작업들이 시작된 것이다. 멍징후이 버전은 그 후 각지 순회 공연을 돌며 2019년 7월 아비뇽연극제, 10월 발틱해의 집 연극제에 초청되었고, 11월 북경 보리극원에서 공연되었다. 해체에 대한 찬반양론이 팽팽하지만, 적어도 평단에서는 경전의 절대적 권위가 해체되고 다양한 도전이 나와야 한다는 데는 긍정적인 것 같다. 우리도 「조씨고아」와 「낙타상자」처럼, 우리의 새로운 버전으로 「찻집」의 예술 세계를 풍부하게 할 때가 된 것 같다.

『찻집』의 번역 출간

『찻집』은 1989년 필자가 처음으로 『중국현대문학전집』(제18권, 중앙일보사)에 번역 소개했다. 초역 당시 모두 북경 입말 번역이 어려울 거라고 했으나, 이미 『낙타상자』를 통해 라오서의 삶과 문학에 크게 매료되어 있던 터라 단숨에 번역을 마쳤고,

왕이발 등의 삶을 통해 전해지는 라오서의 인간애에 깊은 감동을 느꼈던 기억이 새롭다.

이번 번역에서는 1982년 중국희극출판사판 『라오서극작전집(老舍劇作全集)』(전 4권) 제2권에 수록된 희곡을 저본으로 삼았다. 중국 현대 극작가의 것으로는 처음 나온 극작 전집이라 의미가 있기도 하고, 초연 이후 정치적 압력으로 인해 작가스스로 수차례 수정을 하기도 했는데, 여기에는 1979년 북경인예의 공연으로 복원된 원작이 실려 있기 때문이다. 또한 한국 전쟁 때 제3차 위문단으로 파견되어 라오서와 함께 시간을 보냈던 동향 후배 극작가 우주광의 애틋한 추모가 담긴 서문이 실려 있어, 라오서의 열정적인 나라 사랑과 따뜻한 인간미가 잘 전해지기 때문이기도 하다. 경전적인 작품의 경우, 작가와 그를 둘러싼 환경, 그리고 역자를 포함한 독자들의 애정까지 그 작품의 아우라를 형성한다는 생각이 번역 저본 선택에도 작용했다.

라오서의 대표 소설 『낙타상자』는 국내에 이미 몇 종의 번역본이 있고, 필자도 경극으로 각색된 희곡 버전 『낙타상자』를 번역하여 '중국전통희곡총서'(연극과인간)로 소개한 적이 있다. 그 번역은 제1회 중국희곡낭독공연을 거쳐, 고선웅 연출의 현대극으로 각색 공연되어, 2019년 《한국연극》 공연 베스트 7에 선정되기도 했다. 그러나 정작 라오서의 대표 희곡인 『찻집』은 첫 번역이 나온 지 이미 30여 년이 지났고, 몇몇 다른 번역본이 나오기도 했으나, 아직 우리 무대에서는 만날 기회가 없었다. 2020년 윤성호가 번안한 한국 판 「다방」이 극단

백수광부에 의해 공연되었는데, 라오서의 「찻집」을 느끼기에는 부족했지만, 비슷한 시대를 그린 보편적 서사로서의 의미를 확인할 수 있었다.

이번에 필자가 특별한 존경과 애정을 갖고 있는 작가 라오서의 『찻집』을 민음사에서 다시 출판하게 되어 매우 기쁘다. 이미 소개한 차오위의 『뇌우』와 함께 중국 근대극의 경전이라 여겨지는 두 작품이 민음사의 세계문학전집으로 소개되는 것은 단지 중국 문학의 범주 안에서만 유통되던 것과는 다른 의미가 있기 때문이다. 새 번역이 라오서의 『찻집』을 희곡 작품으로, 연극 무대로 다시 만나는 계기가 되기 바란다. 오래 관심을 가지고 좋은 의견과 꼼꼼한 교정으로 출판을 위해 수고해 준 박혜진, 오경철 두 분 편집자께 감사드린다.

2021년 12월
오수경

작가 연보

1899년　　　2월 3일 만주족 정홍기인(正紅旗人) 집안에서 출생했다. 북경 토박이. 본명은 수칭춘(舒慶春), 후에 서위(舍予)로 개명했다. 필명 라오서(老舍), 제칭(絜青), 훙라이(鴻来), 페이워(非我).

1913~1918년　　북경사범학교에서 수학했다.

1918년　　　북경사범학교 졸업 후, 방가호동소학교(方家胡同小學校) 교장을 지냈다.

1921년　　　경사(京師) 교육국 장학관을 사임했다. 극단편 소설 「그녀의 실패(她的失敗)」를 발표했다.

1922년　　　기독교에 입교했다. 남개중학(南開中學) 국어 교사를 지냈다.

1923년　　　단편 소설 「방울이(小鈴兒)」를 발표했다.

1924~1929년	영국 런던 대학 동방 학원(School of Oriental Studies) 강사를 지냈다.
1928년	소설 『장씨의 철학(老張的哲學)』, 『조자왈(趙子曰)』, 『마씨 부자(二馬)』를 발표했다.
1929년	귀국하여 제로대학, 산동대학에서 교육과 창작을 병행했다.
1931년	후제칭(胡絜靑, 1905~2001)과 결혼했다. 소설 『소파(小坡)의 생일』을 발표했다.
1932년	장녀 수지(舒濟)가 출생했다. 일본의 폭격으로 인한 상해 상무인서관 화재로 소설 『대명호(大明湖)』의 원고가 소실되었다.
1933~1936년	소설 『묘성기(貓城記)』, 『이혼』, 단편 소설집 『장에 가다(趕集)』, 『영해집(櫻海集)』, 『합조집(蛤藻集)』 등을 출판했다.
1934년	산동대학 교수로 부임했다.
1935년	장남 수이(舒乙)가 출생했다.
1936년	산동대학에서 사임했다. 《우주풍(宇宙風)》에 『낙타상자』를 연재했다.
1937년	제로대학 교수로 부임했다. 곧 사임하고 무한으로 이동했다. 차녀 수위(舒雨)가 출생했다.
1938년	중화전국문예계항적협회(中華全國文藝界抗敵協會) 상무이사로 항일 활동을 했다. 전황에 따라 중경으로 이동했다. 민간문예작품집 『삼사일(三四一)』을 출판했다.

1939년	『낙타 상자』를 출판했다. 영국에서 _The Golden Lotus_(『금병매』 영역본)가 출판되었다. 단편 소설집 『화차집(火車集)』을 출판했다.
1940년	희곡 『잔무(殘霧)』를 출판했다.
1941년	희곡 『장자충(張自忠)』, 『체면 문제(面子問題)』, 『대지의 용과 뱀(大地龍蛇)』을 출판했다.
1942년	장편 서사시 『검북편(劍北篇)』을 출판했다. 희곡 『귀거래사(歸去來辭)』를 연재했다.
1943년	희곡 「누가 먼저 중경에 왔나(誰先到了重慶)」, 「봄 바람에 복사꽃 오얏꽃(桃李春風)」을 발표했다.
1944년	단편 소설집 『빈혈집(貧血集)』, 장편 소설 『화장(火葬)』과 『사세동당(四世同堂)』 제1부를 출판했다.
1945년	삼녀 수리(舒立)가 출생했다.
1946년	단편 소설집 『동해파산집(東海巴山集)』, 소설 『사세동당』 제2부를 출판했다. 미국 국무원의 초청을 받아 미국으로 갔다.
1947년	중편 소설 『내 한평생(我這一輩子)』, 단편 소설집 『미신집(微神集)』을 출판했다.
1948년	중편 소설집 『월아집(月牙集)』, 『라오서희극집(老舍戲劇集)』을 출판했다.
1949년	『사세동당』 제3부, 소설 「고서 예인(鼓書藝人)」을 완성했다. 귀국했다.
1950년	중국민간문학연구회 부이사장을 지냈다. 희곡 「방진주(方珍珠)」, 「용수구(龍鬚溝)」를 창작했다.

1951년	인민예술가 칭호를 받았다.
1952년	단막극 「생일」을 발표했다.
1953년	희곡 「춘화추실(春華秋實)」을 발표했다. 한국 전쟁 제3차 위문단에 참여했다. 전국문예계연합회 주석, 중국작가협회 부주석을 지냈다.
1955년	중편 소설『무명 고지, 이름을 얻다(無名高地有了名)』를 출판했다.
1956년	희곡『서쪽으로 장안을 바라보다(西望長安)』를 출판했다.『라오서단편소설선(老舍短篇小說選)』을 출판했다.
1957년	희곡 「찻집(茶館)」을 발표했다.《수확(收穫)》창간호)
1958년	3월 29일 북경인민예술극원의 「찻집」 초연이 열렸다(자오쥐인, 샤춘 공동 연출). 산문집『복성집(福星集)』을 출판했다. 6월『찻집』을 출판했다.(중국희극출판사)
1959년	희곡『홍대원(紅大院)』,『전가복(全家福)』을 출판했다.『라오서극작선(老舍劇作選)』을 출판했다.
1961~1962년	자전체 소설 「정홍기하(正紅旗下)」를 창작했다(미완성).『보물선(寶船)』을 출판했다.
1962년	희곡『하주배(荷珠配)』를 출판했다.
1963년	산문집『소화타집(小花朵集)』을 출판했다.
1966년	「진각장에선 돼지를 많이 키워(陣各庄上養猪多)」를 발표했다.

8월 24일 북경 태평호(太平湖)에서 생을 마쳤다.

1979년 라오서 탄생 80주년 기념 북경인예의 「찻집」 초 연본 복원 공연이 열렸다(수도극장). 미발표 원고 「정홍기하」가 발굴, 발표되었다.

1980년 중국 근대극 최초로 「찻집」 해외 공연이 열렸다.

1982년 북경인예의 「찻집」 재공연이 열렸다(수도극장). 영 화 「찻집」이 제작되었다.

1989년 『찻집』 국내 초역본이 출간되었다(오수경 옮김).

1992년 북경인예 창립 40주년 기념 「찻집」 오리지널 팀 고별 공연이 열렸다.

1999년 북경인예의 「찻집」 2세대 공연이 열렸다(린자오화 연출).

2005년 자오쥐인 탄생 100주년 기념 오리지널 버전 「찻 집」이 복원되었다.

2018년 왕충 연출 학교 판 「찻집」 공연이 열렸다. 멍징후 이 연출 포스트모던 버전 「찻집」 공연이 열렸다.

2021년 북경인예의 「찻집」 720회 공연이 열렸다.

세계문학전집 390

찻집

1판 1쇄 펴냄 2021년 12월 17일
1판 3쇄 펴냄 2024년 6월 11일

지은이 라오서
옮긴이 오수경
발행인 박근섭, 박상준
펴낸곳 (주)민음사

출판등록 1966. 5. 19. (제 16-490호)
서울특별시 강남구 도산대로1길 62(신사동) 강남출판문화센터 5층 (우편번호 06027)
대표전화 02-515-2000 팩시밀리 02-515-2007
www.minumsa.com

© 오수경, 2021. Printed in Seoul, Korea

ISBN 978-89-374-6390-7 04800
ISBN 978-89-374-6000-5 (세트)

민음사 세계문학전집

세계문학전집 목록

세계문학전집은 계속 간행됩니다.